Von Deb Loughead sind bei GIRL:IT bereits erschienen:

Nichts wie weg, 2011
Lauf schneller!, 2012
Mein Sommer auf Schweinesuche, 2012

Deb Loughead

GIRL:IT

GIRL:IT

Besuch uns im Internet!
www.girlit.de

Titel der Originalausgabe:
Anywhere Else but Here
© 2013 by Deb Loughead

Alle Rechte vorbehalten. Kein Teil des Werkes darf in irgendeiner Form (durch Fotografie, Mikrofilm oder ein anderes Verfahren) ohne schriftliche Genehmigung des Verlages reproduziert oder unter Verwendung elektronischer Systeme verarbeitet, vervielfältigt oder verbreitet werden.

Umschlaggestaltung: Stabenfeldt AS
Übersetzung: Nina Thelen

Umwelthinweis:
Dieses Buch wurde auf chlorfrei gebleichtem Papier gedruckt.

Herausgeber und Verlag:
© 2014 Stabenfeldt AB
GIRL:IT ist eine eingetragene Marke der Stabenfeldt AB
Redaktion und DTP/Satz: Eva Ebenhoch/Larissa Pittelkow,
Meister Verlag GmbH
Oskar-Schlemmer-Str. 11, 80807 München
Printed in Germany 2014
ISBN 978-3-944076-32-4

„Komm, Jamie. Ab ins Wasser mit dir. Es ist so eine Hitze hier draußen. Du kannst dein Handtuch über den Zaun hängen."

„Ehrlich, Mom, mir ist gar nicht so heiß. Außerdem ist es oben in der Wohnung schön kühl von der Klimaanlage", sagte ich.

„Aber du musst doch mal an die Luft! Du brauchst Sonne und Bewegung. Versprich mir, dass du mindestens eine halbe Stunde lang draußen bleibst, ja?"

Meine Mutter stand da und machte ein hoffnungsvolles Gesicht. Ihre Hoffnung war, dass ich ihr nicht gleich wieder nach drinnen folgte, nachdem ich fünf Minuten lang in mein Handtuch gewickelt am Beckenrand gestanden hatte. Die Sonne war ein weißglühender Kreis am Himmel, und der Betonboden verbrannte mir fast die Fußsohlen. Kinder schrien und planschten im Wasser, während ihre Eltern träge um den Pool saßen und ihnen zusahen. Von ihrem Hochsitz aus beobachtete die Rettungsschwimmerin das Treiben im Wasser. Und ich konnte an nichts anderes denken als an die endlose halbe Stunde, die sich vor mir auftat wie ein gähnender schwarzer Tunnel.

„Na gut, Mom." Ich seufzte.

„Seufz nicht so, Jamie", ermahnte sie. „Bist du auch eingecremt? Du hast doch die wasserfeste Sonnencreme genommen, oder?"

„Ja, Mom."

„Gut", sagte sie. „Prima, dass du daran gedacht hast. Und kein Kopfsprung, das musst du mir versprechen, ja? Dafür ist es hier zu flach."

„Ja, Mom. Wie oft willst du mir das denn noch sagen?" Ich verdrehte die Augen.

Mom schüttelte bloß den Kopf und lachte. „Viel Spaß", sagte sie. Dann winkte sie ein paar Nachbarn zu und verschwand wieder in der Wohnung.

Mom fand, dass ich viel zu viel Zeit vor dem Bildschirm verbrachte und zu wenig draußen mit anderen Jugendlichen. Aber mir gefiel das, aus verschiedenen Gründen. Die meisten Mädchen hielten mich sowieso für einen Nerd, weil ich mich für andere Sachen interessierte als Make-up, Klamotten,

Promis und Reality-TV. In Wahrheit langweilten mich diese Dinge einfach zu Tode. Doch Bildschirme waren mein Fenster zur Welt. Ich konnte mir Tierfilme auf DVD oder im Fernsehen ansehen, ich konnte Fantasy-Spiele spielen. Ich konnte durchs Netz surfen und spannende neue Dinge über wilde Tiere und die Natur erfahren.

> Ich konnte in meiner eigenen kleinen Welt leben, ohne dass jemand über mich urteilte.

Meine Mutter arbeitete von zu Hause aus. Sie hatte sich ein kleines Büro eingerichtet und machte freiberuflich die Buchhaltung für kleine Firmen. Damit hatte sie eine tolle Entschuldigung dafür, den ganzen Tag vorm Computer zu hocken. Die hatte ich leider nicht. Und jetzt, wo der Sommer halb vorbei war, wo ich bereits zwei Wochen lang die Museums-Ferienfreizeit mitgemacht hatte, die komplett drinnen stattgefunden hatte, jetzt wollte meine Mutter unbedingt, dass ich noch etwas Zeit draußen in der *wirklichen* Welt verbrachte. Wo ich dann „Spaß" haben sollte.

Alle guckten mich an. Das wusste ich. Alle warteten darauf, dass ich mein Handtuch fallen ließ und sie meine Streichholzbeine sehen konnten. Meinen viel zu dünnen Körper. Darum wollte ich nie runter zu unserem Hausschwimmbad gehen, wo sich an heißen Tagen all die anderen Mieter trafen. Einmal hatte mir sogar ein älteres Mädchen im Ernst gesagt, ich sähe aus wie ein Lutscher: zu großer Kopf – wegen der Locken – auf zu kleinem Körper. Alle seine Freundinnen hatten gelacht. Es war ganz schön hart gewesen, da nicht in Tränen auszubrechen. Und die komischen Blicke der Leute, wenn sie mein Alter erfuhren, waren auch immer so peinlich. „Dreizehn? Wow, du siehst viel jünger aus, eher wie zehn."

Ich litt furchtbar darunter, dass alle anderen Mädchen in meinem Alter schneller wuchsen als ich.

Aber wie konnte ich das meiner Mutter gegenüber zugeben? Ich würde ja doch nur die gleiche Leier zu hören bekommen wie immer. „Ach, Jamie", würde sie sagen, „Keine Panik. Bald bekommst du einen Wachstumsschub. Dein Körper wird sich entwickeln, und wenn du im Herbst in die neunte Klasse kommst, hast du alle anderen eingeholt. Wart's ab." Uäh. Highschool. Ganz neue Schule, ganz neue Welt der Peinlichkeiten.

Mein Vater gab dann auch noch immer seinen Senf dazu, obwohl ihm das Thema äußerst unangenehm war. „Du bist eine der Jüngsten in der Klasse.

Darum sind alle schon weiter als du. Wahrscheinlich wirst du mal größer als alle anderen. Abwarten, Schatz."

Mit allem Abwarten der Welt würde das nicht passieren! Meine Eltern waren beide nicht besonders groß, da hatte ich keine Chance. Alle Mädchen in meiner Stufe waren bereits größer als ich, und bei den meisten war auch alles *an ihnen* größer als bei mir. Sie zeigten sich in ärmellosen Tops und knackigen Hotpants. Ich versteckte mich in langen, weiten Shorts und T-Shirts. Das sagte ich aber nicht meiner Mutter. Sie sollte sich nicht genauso mies deswegen fühlen wie ich.

Klein und flach. Schlimmer ging ja wohl nicht.

Eigentlich mochte ich Schwimmen, und ich war auch ziemlich gut darin, denn im Winter schwamm ich regelmäßig im Verein und nahm an den Wochenenden an Wettkämpfen teil. Doch jedes Jahr wurden die anderen Mädchen in meinem Schwimmteam größer, und ich blieb so, wie ich war. Da sie mich alle kannten, machte mir das dort nicht so viel aus. Außer wenn ich manchmal gehänselt wurde; wenn jemand fragte, wie man denn in meinem Alter noch immer wie ein Strichmännchen aussehen konnte. Das tat weh und machte mich noch unsicherer. Aber im Becken konnte ich es allen zeigen. Ich war eine der Schnellsten, und sie waren froh, mich in der Mannschaft zu haben.

Hier draußen am Gemeinschaftspool unserer Wohnanlage, wo mich kaum jemand richtig kannte, sah die Sache total anders aus. Hier war ich nur das blasse dünne Mädchen aus Wohnung 106. Das nie ins Wasser ging.

„Hey, Jamie", rief Ryan, ein Junge aus meiner Schule, vom flachen Ende aus. „Kommst du heute eigentlich mal rein, oder stehst du wieder nur rum und glotzt?"

Ich grinste ihn doof an. Das lief gar nicht gut. Wieso musste Ryan wieder hier sein, und auch noch mit seinen Freunden? Das machte es noch schlimmer. Ryan war in meiner Klasse, und alle Mädchen waren in ihn verknallt. Sie waren neidisch, weil er im selben Gebäude wohnte wie ich, aber ich wünschte, er würde es nicht tun. Er war noch ein Grund, wieso ich den Pool mied. Ich wollte so was von gar nicht, dass er mich in Badesachen sah, in die ich noch nicht mal reingewachsen war!

„Los! Leg das Handtuch weg und komm rein!", rief Ryan wieder.

„Ich bin so weiß, ich will niemanden blenden", rief ich zurück. Manchmal war es leichter, wenn man Witze darüber machte. „Ohne Sonnenbrille wird man blind, wenn man auf meine Haut guckt!"

„Ha!" Ryan lachte. „Los, komm schon!"

Ich musste zumindest einmal nass werden, damit Mom mich in Ruhe ließ. Vielleicht, wenn ich mich richtig schnell bewegte? Wenn ich einfach das Handtuch fallen ließ, zum Pool rannte und reinsprang? Vielleicht fiel es dann keinem auf. Ich würde so schnell vorbeizischen, dass man mich gar nicht richtig wahrnehmen konnte, und eine Arschbombe ins Wasser machen.

Ich ließ das Handtuch fallen. Ich rannte zum Becken, griff um meine Knie, flog durch die Luft und platschte ins Wasser. Es spritzte in alle Richtungen, als ich untertauchte. Ich trat mit den Beinen und schoss zurück nach oben. Wie ein Korken hüpfte ich an die Oberfläche, trat um mich und blickte in all die Gesichter, die mich ansahen.

Die Bademeisterin guckte säuerlich herüber. „He!", brüllte sie und zeigte auf mich. „Mach das nicht noch mal. Stell dir vor, du springst jemandem auf den Kopf! Das ist gefährlich!"

Wenigstens hatte das alle von meinem Streichholzkörper abgelenkt!

„Wow, Jamie!", rief Ryan. Als ich ihn ansah, lächelte er. „Das war super!" Für einen Moment lächelte ich auch fast. Bis er weitersprach: „Das hat ja tierisch gespritzt, für jemanden, der so dünn ist!" Jemand lachte.

Das war's. Ich fing an, hin und her durchs Becken zu schwimmen und Techniken zu üben. Brust, Kraul, Schmetterling, Rücken. Hin und her und hin und her. Ich stellte mir vor, ich wäre eine Meerjungfrau. Ich blendete alle anderen aus und zog am Rand des Beckens meine Bahnen.

Im Laufe des Nachmittags packten nach und nach alle ihre Klappstühle und Handtücher zusammen und verzogen sich nach drinnen.

Ich schwamm weiter. Ab und zu bemerkte ich die komischen Blicke von Ryan und ein paar anderen. Bestimmt wunderten sie sich über diese Schwimm-Verrückte, die hier nonstop ihre Bahnen zog. Aber das war mir egal. Ich würde erst aus dem Wasser kommen, wenn alle anderen weg waren.

Nach gefühlten zwei Stunden hörte ich auf. Der Poolbereich war leer, bis auf die Bademeisterin und jemanden hinten am Eingang. Es war meine Mutter. Sie stand da mit meinem Handtuch in der Hand und beobachtete mich.

„Klasse, Jamie, gute Leistung! Das reicht aber jetzt für heute", sagte sie. „Du machst wirklich keine halben Sachen."

„Nur beim Wachsen", dachte ich. Dann nahm ich mein Handtuch und ging ins Haus.

Die nächsten Tage über regnete es, und Mom ließ mich in Ruhe. Das nutzte ich aus. Ich sah mir „Hai-Alarm" und „Die schrecklichsten Angriffe der Tierwelt" auf DVD an, das waren zwei meiner Lieblingsdokus. Ich guckte die komplette „Herr der Ringe"-Trilogie. Und ich spielte stundenlang Fantasy-Onlinespiele. Wahrscheinlich bekam ich deswegen nichts von den Plänen meiner Eltern mit, bis sie mich am Donnerstag beim Abendessen mit der „tollen" Neuigkeit überraschten.

„Wir haben tolle Neuigkeiten für dich! Dreimal darfst du raten!", rief Mom mit einem Funkeln in den Augen. Ich mochte ihr Augenfunkeln nicht. Meistens verhieß das für mich nichts Gutes.

„Was?", fragte ich, sofort misstrauisch geworden.

„Du fährst in den Sommerurlaub", erklärte Dad. Sein Lächeln sah ein bisschen angestrengt aus, was mich noch misstrauischer machte.

„In den Urlaub, hm?", sagte ich. „Und woher wollt ihr wissen, dass ich überhaupt wegfahren will? Ich finde es nämlich gerade ganz toll hier zu Hause."

„Aber das wäre doch mal eine schöne Abwechslung für dich, Jamie", sagte Mom. „Du bist eingeladen in das ..." Mom unterbrach sich und guckte mich an, als hätte sie Angst weiterzureden.

„... Haus am Waldsee. Für zwei Wochen", beendete Dad den Satz für sie.

„Was?" Ich verschluckte mich fast an einem Bissen Hühnchen. „Ihr nehmt mich auf den Arm, oder?"

„Nein, wieso?", entgegnete Dad. Sein Lächeln war jetzt so übertrieben und falsch, dass er aussah wie aus einer Fernsehwerbung. „Du wirst da ganz viel Spaß haben!"

„Das habt ihr letztes Jahr auch gesagt", erinnerte ich sie. „Und ihr wisst bestimmt noch, wie das ausgegangen ist." Mir wurde ganz anders, wenn ich nur an diesen Nicht-Urlaub dachte.

„Aber dieses Jahr bist du ein Jahr älter", sagte Dad. „Diesmal kannst du doch mit so was umgehen. Und wer weiß? Vielleicht klappt es jetzt sogar mit dem Wasserskifahren."

„Ich bin doch nicht verrückt und stell mich noch

mal auf diese Dinger!" Schon bei der Erinnerung daran wollte ich am liebsten im Boden versinken.

Danach stocherte ich nur noch mit der Gabel in meinem Essen herum, während Mom mir in das eine Ohr und Dad mir in das andere quatschte. In stereo predigten sie mir, wie wichtig es sei, dass ich mehr draußen war und nicht so viel vor dem Bildschirm hockte. Als mein Essen kalt war, wusste ich, dass ich verloren hatte. Ich würde zum Waldsee fahren, ob es mir passte oder nicht.

> Es war der letzte Ort auf der Welt, wo ich zwei Wochen verbringen wollte.

* * *

„Hast du schon gepackt, Schatz? Wir fahren morgen ganz früh los", erinnerte mich meine Mutter. Wieder mal!

„Das weiß ich bereits, Mom!"

„Es wird bestimmt wunderschön da oben am See. Das Wochenende letzten Sommer war doch gar nicht sooo schlimm, oder?", meinte Mom.

Uäh! Wieso musste sich mich daran erinnern?

„Mom", sagte ich, ohne sie anzusehen. Mein Gesicht fing an zu glühen. „Muss ich diesmal wirklich ganze zwei Wochen bleiben?"

„Jamie, du hast doch immer so viel Spaß mit deiner Cousine Leah. Sie ist genauso alt wie du", sagte Mom.

So viel *Spaß*. Danach sah es vielleicht von außen aus, aber Mom hatte keine Ahnung. Sie wusste nicht, wie klein und minderwertig ich mich in Leahs Gegenwart fühlte. Meine Cousine war gut in allem, was sie anfing. Sie war in fast jeder Sportmannschaft ihrer Schule; ich war in keiner einzigen, denn ein Schwimmteam gab es bei uns nicht. Dass ich in der Schach-, in der Computer- und in der Natur-AG war, verschwieg ich lieber. Sie würde sich doch nur darüber lustig machen und mich einen Nerd nennen. Und seit ein paar Jahren wuchs sie auch in ihren Bikini rein, was alles nur noch schlimmer machte.

Wenn ich ins Ferienhaus fuhr, las ich gern, oder ich ging im Wald spazieren und beobachtete die Natur. Manchmal schwamm ich sogar raus zum Badefloß, das in der Bucht, in der Nähe des Stegs, vor Anker lag. Leah fand das alles todlangweilig. Sie wollte ständig Action haben: Wasserski, Reifenrafting, Paddeln, Schnorcheln – so was gefiel ihr. Sie versuchte immer, mich zu neuen Wassersportarten zu überreden, was für mich die reinste Tortur war.

Manchmal spielten wir Karten. Das war das Einzige, was wir beide gern machten. Immerhin. Jetzt schickten mich meine Eltern zu Leah ins Ferienhaus und glaubten auch noch, sie täten mir damit einen Gefallen. Sie hatten keine Ahnung, dass ich dort niemals auch nur annähernd Spaß hatte.

Natürlich würde auch Leahs große Schwester Lauren da sein, was noch schlimmer war. Sie war fünfzehn und schon jetzt so groß und kurvig, dass sie noch viel älter aussah. Niemand sonst verletzte mein persönliches Schamgefühl so wie Lauren. Sie sagte immer, was ihr gerade in den Sinn kam, ohne vorher nachzudenken, und alle in ihrer Familie schienen das völlig normal zu finden. Und sie starrte mich immer an, als würde sie nicht schlau aus mir. Man konnte nie sicher sein, was sie als Nächstes sagte. Was nicht gerade lustig war, wenn sie es auf einen abgesehen hatte.

Letztes Jahr hatte Lauren es ein paar Mal direkt angesprochen. „Wieso bist du eigentlich so dünn? Hast du das Wachsen vergessen oder so?", hatte sie mich allen Ernstes gefragt.

„Hab wohl einfach Glück gehabt", hatte ich geantwortet, während mir die Röte den Hals hochgekrochen war.

Lauren hatte komisch gegrinst, die Augen verdreht und gesagt: „Ja, klar."

Mom riet mir immer, das zu sagen, wenn ich ihr erzählte, wie mich die anderen in der Schule beim Sportunterricht so was fragten. *Hab wohl einfach Glück gehabt.* Als wäre das ein Vorteil! Sie meinte, ich solle versuchen, einen Witz zu machen, statt mich angegriffen zu fühlen. Es fiel mir schwer, diese Worte über die Lippen zu bringen, also ließ ich es meistens. Was würde Lauren jetzt von ihrer immer noch so dünnen Cousine denken?

Oh, ich brauchte unbedingt eine Ausrede, wieso ich da nicht hinfahren konnte!

„Aber was ist mit Slick und Icky?", fragte ich. „Und Crackers! Wer kümmert sich um sie, wenn ich weg bin?"

„Dein Vater und ich werden es sicherlich schaffen, ein paar Wochen eine Schlange und eine Echse zu versorgen. Und auch deinen Nymphensittich", sagte Mom. „Hör auf, nach Ausreden zu suchen, Jamie."

„Aber ich weiß nicht, ob Leah mich überhaupt da haben will", sagte ich. „Sie macht doch die ganze Zeit ihren Wassersportkram. Und Lauren ist wahrscheinlich total genervt von mir. Sie hat bestimmt keinen Bock auf ihre kleine Cousine."

„Sei nicht albern", sagte Mom. „Deine Cousinen finden dich beide toll. Und du schwimmst doch so gern – das ist ein Paradies dort, für eine Wasserratte wie dich. Ich habe dir schon deine Bikinis rausgelegt. Und die Sonnencreme. Denk bitte daran, dich jeden Tag einzucremen."

„Okay. Danke, Mom", sagte ich.

So ein Mist! Meine Bikinis. Ich hatte so gehofft, dass sie die vergessen würde! Nach letztem Jahr wurde ich schon rot, wenn ich nur daran dachte, vor meinen Cousinen einen Bikini anzuziehen. Ich hatte manchmal sogar noch Albträume davon!

„Dad und ich wollen morgen ganz früh losfahren", sagte Mom. „Und Leah und Lauren freuen sich schon so auf dich."

„Ha. Klar. Bestimmt", sagte ich, während ich immer noch auf den Bildschirm starrte.

„Weil sie dann wieder jemanden zum Ärgern haben", dachte ich.

Und nach dem Wochenende letzten Sommer, nach der schrecklichen Sache mit dem Bikini, wollte ich nie wieder in das Haus am Waldsee. Aber wie konnte ich das auch nur ansatzweise meiner Mutter erklären?

Die zwei Stunden Fahrt waren viel zu kurz. Ich sah abwechselnd auf meine Uhr und auf die Straßenschilder. Zählte die Kilometer bis zu den zwei Wochen Folter, die mir bevorstanden. Viel zu schnell kam das Ferienhaus näher und näher. Und den ganzen Weg über quasselte Mom davon, was für einen Spaß ich dort haben würde; so als versuchte sie immer noch, mich zu überzeugen – und sich selbst auch.

Dann fing sie auch noch an, mich vor allen möglichen Gefahren zu warnen – ich solle bloß im Wasser vorsichtig sein, im Boot immer eine Schwimmweste tragen und auf keinen Fall ins Wasser springen, wo Steine sein könnten. Sie erzählte mir sogar von einem jungen Typen, der einen Kopfsprung ins zu flache Wasser gemacht hatte und seitdem querschnittsgelähmt war.

Etwa in der Mitte ihrer Predigt schlief ich ein. Ich verpasste das meiste, aber ich hatte das ja alles schon hundertfach gehört. Meine Mutter war immer schon so überbesorgt gewesen.

Ich wurde wachgerüttelt, als wir auf eine holprige Straße fuhren. Bäume und Sträucher kratzten an den Fenstern, und unter den Reifen knirschte der Schotter. Wir waren fast da, und es war noch nicht mal Mittag.

Als wir anhielten, stieg ich langsam aus dem Wagen. Ich stand da, blinzelte ins grelle Sonnenlicht und fühlte mich wie der einsamste Mensch der Welt. Vor der Fahrt hatte Mom noch einmal meine Taschen kontrolliert, also konnte ich meine Badesachen nicht einfach rauslassen und so tun, als hätte ich sie vergessen. „Und keine elektronischen Geräte", hatte sie mich ermahnt. Es gab dort nicht mal einen Fernseher. Nur ein paar Bücher und meinen Fotoapparat durfte ich mitnehmen. Also hatte ich außer meiner Kamera noch zwei Fantasy-Romane und ein paar meiner Lieblingsnaturführer eingesteckt.

„Guck mal, der See, wie schön!", rief Mom aus. „Hast du ein Glück, Jamie!"

„Zu schade, dass wir nur eine Nacht bleiben",

erklärte Dad. „Aber ich muss am Montagmorgen wieder auf der Arbeit sein. Du hast so ein Glück, Jamie!"

„Ja, ich Glückskind", dachte ich. Ich hatte die Hände in die Taschen meiner Shorts geschoben und fürchtete mich schon jetzt vor all dem „Spaß", den ich mit meinen Cousinen haben sollte. Ich konnte es kaum erwarten, bis sie mich in die erste oberpeinliche Situation brachten.

„Jamie!" Meine Tante flötete wie ein Vogel. Sie winkte von der Terrasse und überschlug sich fast vor Begeisterung. „Da bist du ja endlich!"

„Hallo, Tante Jane." Ich winkte zurück und tat so, als würde ich mich auch freuen.

„Bring dein Gepäck rein! Du hast dasselbe Zimmer wie letztes Jahr. Du kannst gleich deine Badesachen anziehen. Und wenn du Lust hast, noch mal die Wasserski ausprobieren. Es ist noch ganz viel Zeit bis zum Mittagessen!"

Oh, super. Ich konnte es kaum erwarten.

Ich nahm meinen Rucksack und meine Reisetasche und schlurfte in Richtung Haus. In Wahrheit wollte ich wieder ins Auto steigen und alle Türen verriegeln.

* * *

Eine Weile später stand ich mit Mom und Dad auf der Terrasse aus Zedernholz. Wir alle hatten unsere Badesachen an, nur ich hatte ein Handtuch um mich geschlungen und zerbrach mir den Kopf, wie ich aus der Nummer wieder rauskommen sollte.

„Wow, du kannst aber wirklich ein bisschen Sonne vertragen, Jamie. Du bist ja so weiß wie ein Grottenolm." Dad lachte und wuschelte mir durch die Haare.

„Du hast dich hoffentlich eingecremt", sagte Mom.

„Uff. Ja, Mom. Hab ich." Ich schlug nach der ersten Bremse des Tages.

Dann hörte ich ihn. Den Bootsmotor, der brummte wie eine wütende Biene. Und dann sah ich sie. Meine Cousine Leah auf Wasserskiern. Oder besser auf einem Ski. Seit meinem Besuch letzten Sommer war sie vom normalen Wasserski zum Slalom aufgestiegen. Jetzt war offenbar das Wakeboard dran.

Ihre ältere Schwester Lauren saß auf dem Rücksitz, während Onkel Henry das Boot steuerte.

Leah winkte im Vorbeifahren, und das aufspritzende Wasser um sie herum glitzerte in der Sonne. Ich konnte sie sogar lachen hören. Sie hatte überhaupt kein Problem damit, mit einer Hand loszulassen, während sie über die Wellen düste.

In ihrem glänzenden rosa Bikini sah sie aus wie eine Wassergöttin, und das sogar mit Schwimmweste! Wie konnte etwas, das so gefährlich aussah, Spaß machen?

„Möchtest du als Nächste, Jamie?", fragte Tante Jane hinter mir. Als ich mich umdrehte, hielt sie mir eine Schwimmweste unter die Nase.

„Das macht bestimmt Spaß, Schatz", sagte Dad in hoffnungsvollem Ton.

„Vielleicht gefällt es dir ja", meinte Mom, doch es klang eher wie eine Frage. Sie hoffte wahrscheinlich, dass ich Nein sagte. Wenn ich solche abenteuerlichen Sachen ausprobierte, stand sie immer ganz am Ende des Stegs, eine Hand am Hals, und sah fürchterlich nervös aus.

„Ähm, ich glaub, da passe ich", sagte ich zu allen. Tante Jane fiel das Lächeln aus dem Gesicht. Auch Dad guckte überrascht. Und Mom, da könnte ich drauf wetten, sah erleichtert aus.

„Wann essen wir zu Mittag? Ich habe einen Bärenhunger." Ich rieb mir den Bauch und ging in Richtung Haustür.

Das Wasserskifahren hatte ich an dem Wochenende im letzten Sommer schon mal probiert. Drei Stunden lang hatte ich versucht, mich auf diese Dinger zu stellen, und war jedes Mal sofort abgeschmiert. Ich hatte schon mehr als genug Wasser aus dem Waldsee geschluckt. So etwas Peinliches wie an dem Wochenende war mir in meinem ganzen Leben noch nicht passiert. Niemals würde ich mir das noch mal antun.

> Im Moment wünschte ich mir, ich wäre überall, nur nicht hier!

* * *

Es gelang mir, mich wenigstens für den Rest des Vormittags vorm Wasserskifahren zu drücken.

Ich versteckte mich in meinem kleinen Zimmer, das kaum größer war als mein Schrank zu Hause. Ich hatte ein schmales Bett an einer kiefergetäfelten Wand und ein winziges Fenster mit Blick in die Bäume. Es gab eine Kommode für meine Anziehsachen und ein Nachttischchen mit ein paar Schubladen und einer Leselampe. Es war ein gemütliches kleines Zimmer, wie direkt aus einer Hobbit-Höhle.

Ich kniete auf dem Fußende des Bettes, guckte aus dem Fenster und atmete die würzige Luft ein. Ich freute mich darauf, rauszugehen und den feuchten, schattigen Waldboden zu erkunden. Vielleicht sah ich ja wieder einen Skink wie letztes Mal. Oder vielleicht sogar eine Kornnatter, das wäre cool. Und ich hatte meine neue Kamera dabei, die ich zum dreizehnten Geburtstag bekommen hatte. Ich wollte diesmal alles, was ich entdeckte, fotografieren und auf Facebook stellen.

Ich kam viel zu selten in den Wald. Daher nutzte ich jede Gelegenheit, um nach Reptilien und Amphibien zu suchen. Das Ferienhaus mit seinen moosbewachsenen Waldwegen war der ideale Ort dafür – zu schade, dass es an einem See stand. Und zu schade, dass Leah nie mitkommen wollte. Sie war am liebsten den ganzen Tag im Bikini am See, während ich mir für dieses Mal vorgenommen hatte, so viel Abstand zum Wasser wie möglich zu halten! Gleich nach dem Mittagessen – das hatte ich mir fest vorgenommen – wollte ich mit meiner Kamera losziehen und den Wald erkunden.

Während ich ein paar Seiten in meinem Fantasy-Roman las, brummte das Motorboot als Hintergrundrauschen weiter. Dann war es plötzlich still – Onkel Henry musste am Steg angelegt haben. Das hieß, er und meine Cousinen waren vermutlich auf dem Weg ins Haus, um sich zum Essen umzuziehen. Als ich gerade mein Buch zuklappen und nach draußen gehen wollte, von wo der Grillduft schon herüberwehte, hörte ich Stimmen auf dem Weg vor meinem Fenster.

„Meinst du, wir kriegen sie diesmal überhaupt in die Nähe des Wassers?", fragte Lauren.

„Keine Ahnung", sagte Leah. „Weißt du noch, letztes Jahr?"

Ich hörte die beiden kichern und verzog gequält das Gesicht. Oje, letztes Jahr.

Letztes Jahr hatte ich meine nagelneue Bikinihose verloren, als es mich von den Wasserskiern gehauen hatte. Weil sie mir zu groß gewesen war. Die Schraube des Motorboots hatte sie zerfetzt. Ich hatte halbnackt zurück zum Steg schwimmen müssen. Und Mom hatte kommen und mich mit einem Handtuch retten müssen. Meine Cousinen hatten das zum Schreien komisch gefunden. Aber ich hatte für den Rest des Wochenendes keinen Fuß mehr in den See gesetzt. Und ich war auch nicht zwei Wochen geblieben, wie es geplant gewesen war. Ich hatte gesagt, ich hätte Bauchschmerzen, und war sonntags mit meinen Eltern nach Hause gefahren.

„Hoffentlich behält sie diesmal ihre Badehose an", sagte Lauren und kicherte. „Ob sie immer noch diese Unterhemden trägt?" Sie brachen wieder in Gelächter aus.

„Jedenfalls will sie bestimmt wieder immer nur drinnen bleiben und lesen wie letztes Jahr. Echt voll langweilig", fügte Leah hinzu.

„Ja, total", meinte Lauren. „Ich weiß nicht, wieso sie überhaupt gekommen ist!"

„Weil meine Eltern mich gezwungen haben", dachte ich verbissen.

„Vielleicht, weil sie so auf das schleimige Viehzeug im Wald steht", sagte Leah.

„Dich hat es ja gerade richtig geschüttelt", bemerkte Lauren lachend. „Meinst du, sie fragt wieder ihre ‚Mommy', ob sie sie mit nach Hause nimmt wie letztes Mal? Sie ist echt wie so'n Klein Doofi, ne?"

> Klein Doofi?

Ich saß auf der Bettkante und blinzelte ein paar Mal ganz schnell hintereinander. Danach hörte ich nichts mehr, nur das Knallen der Fliegentür, als meine Cousinen ins Haus kamen. Ich saß da wie festgewachsen, bis Tante Jane nach mir rief, ich solle zum Essen nach draußen kommen.

Aber auch dann eilte ich nicht raus auf die Terrasse. Ich starrte nur an die Wand und fühlte mich mieser und mieser. Plötzlich hatte ich keinen Hunger mehr. Ich wollte nur noch so weit weg von diesem Ferienhaus wie möglich.

Und so schnell, wie ich konnte.

4

Nach ein paar Minuten kam meine Mutter mich suchen. „Jamie?" Sie klopfte leise an meine Tür. „Schläfst du oder so?"

Die Tür öffnete sich einen Spaltbreit, und als ich mich umdrehte, steckte Mom den Kopf ins Zimmer herein.

„Nein, ich bin wach", sagte ich.

„Warum kommst du dann nicht zum Essen?" Sie kam herein und musterte mich. „Hast du nicht gehört, wie Tante Jane dich vorhin gerufen hat?"

„Doch, hab ich gehört", gab ich zu. „Ich habe nur gerade nicht so viel Hunger. Mir geht's nicht so gut. Vielleicht solltet ihr mich morgen einfach wieder mitnehmen, wenn ihr nach Hause fahrt."

In Moms Gesicht erschienen Sorgenfalten. Mit ihrer kühlen Hand fühlte sie meine Stirn. Ich wusste, dass ich mich heiß anfühlte, und das lag nicht nur am Wetter.

„Hmm", machte meine Mutter. „Du bist ein bisschen warm." Dann hob sie wissend eine Augenbraue. „Aber Fieber ist das nicht. Du musst dich nur mal schön im Wasser abkühlen."

Ich zuckte mit den Schultern. „Kann sein", sagte ich.

Ich biss mir auf die Lippe und versuchte, ihrem Blick auszuweichen. Es funktionierte nicht. Sie legte mir die Hände auf die Schultern und fixierte mich. „Du genierst dich doch nicht etwa? Weil ... na, du weißt schon ... weil deine Cousinen schon ... reifer sind als du."

Und weil ich so dünn bin. Und so klein. Und wegen der Sache mit dem Bikini. „Und wenn es so wäre?", fragte ich.

„Das solltest du nicht", sagte sie. „Und dieses Jahr trägst du ja auch einen BH."

Ich zuckte schon bei dem Wort zusammen. Ich kam mir lächerlich vor in dem rosafarbenen Bustier aus Baumwolle und Elastan. Obwohl ich noch gar keinen BH brauchte, hatte Mom darauf bestanden, es mir zu kaufen. Manchmal machte mich das Teil ganz verrückt, ich fühlte mich eingezwängt, so als würde ich ein Korsett tragen.

Ich verdrehte die Augen. „Ich komme mir total bescheuert vor in diesem blöden Ding, Mom", sagte ich. „Das nervt so." Ich flitschte den elastischen Träger, und sie lächelte.

„Du wirst dich daran gewöhnen", ermutigte mich Mom. „Hör zu, du kannst selbst entscheiden, ob du mit uns nach Hause fährst. Denk ein bisschen darüber nach. Wir bleiben ja sowieso über Nacht, da hast du noch Zeit, es dir zu überlegen. Jetzt komm aber raus zum Essen. Und versuch, ein bisschen Spaß zu haben."

Ich zuckte mit den Achseln und seufzte. „Na gut. Ich geb mir Mühe, Mom."

„Prima", sagte sie lächelnd.

Sie ahnte nicht, dass ich hinter meinem Rücken die Finger kreuzte.

* * *

Lauren sah mich mit großen Augen an, während ich einen riesigen Bissen von meinem Hot Dog vertilgte. Sie hatte kaum ein halbes gegessen, und ich war gleich mit meinem zweiten fertig. Mein Appetit war zurückgekehrt, sobald ich mit Mom nach draußen gegangen war und mich an den Tisch gesetzt hatte. Doch auch wenn ich mich auf das Essen stürzte, als hätte ich seit Wochen nichts Richtiges bekommen, beschäftigte mich der Gedanke an den See immer noch. Während sich die anderen unterhielten, schlug ich mir den Bauch voll und suchte nach Ausreden, nicht ins Wasser gehen zu müssen.

> „Auweia, Jamie! Wo steckst du das alles hin?", fragte Lauren. Sie legte neugierig den Kopf schief. „Wie kannst du so viel essen und dabei so dünn bleiben?"

Ich hörte auf zu kauen. „Ähm ... muss die frische Luft sein", nuschelte ich mit vollem Mund. Es klang eher wie „musd frsch lft snn".

„Sie hat wahrscheinlich einen Wachstumsschub." Mom warf mir einen nervösen Blick zu und setzte ein falsches Lächeln auf. Versuchte sie etwa, mich zu beschützen? Schon wieder? Ich kaute langsam weiter und wartete.

„Jamie, hast du deinen Cousinen von deinem neuen Bustier erzählt?" Ja, sie hatte es gesagt. Meine Mutter hatte es tatsächlich gesagt.

Am liebsten wäre ich unter den Picknicktisch gekrochen. Leah fiel die Kinnlade runter, dann fing sie an zu grinsen. Sie sah aus, als könnte sie sich kaum beherrschen und würde jeden Moment laut loslachen.

Dann sah mich Lauren an, hob eine Augenbraue

und kräuselte die Lippen zu einem katzenhaften Lächeln. „Ein neues Bustier, hm, Jamie? Okaaay. Wenn du meinst." Lauren guckte auf ihre Hand und knibbelte an einem neonrosa Fingernagel. „Aber mal im Ernst – wozu?"

Es folgte betretenes Schweigen. Alle blickten von Lauren zu Mom, dann zu mir und wieder zu Lauren. Mom hatte die Augen zusammengekniffen und das Kinn vorgeschoben. Das hieß nichts Gutes. Sie öffnete den Mund, als wollte sie etwas sagen oder Lauren sogar anfauchen, aber zum Glück war Leah schneller: „Hat jemand Jamie schon von den Bä..."

„Psst, Leah", sagte Tante Jane. Wenn Blicke töten könnten, wäre Leah jetzt tot umgefallen.

Was war denn jetzt los? Hielten sie etwas vor mir geheim? „Was wolltest du sagen?", fragte ich.

Onkel Henry warf meinen Cousinen einen vielsagenden Blick zu. Lauren kapierte es allerdings nicht.

„Über die Bären?", sagte sie. „Also, ich hab ihr noch nichts erzählt."

Bären? Ich schauderte ein bisschen. Ich hatte schon viele Dokus über Bären gesehen. Im Film waren sie schon schrecklich genug. Einen echten Bären hatte ich bisher nur im Zoo gesehen.

„Lauren! Von dir haben wir jetzt genug gehört." Tante Jane schüttelte den Kopf.

„Was?", fragte Lauren und zuckte mit den Schultern. „Wollten wir es ihr nicht früher oder später sowieso erzählen, Mom?" Dann sah sie mich an und lächelte. „Du zitterst ja, Jamie."

„Nein, tu ich gar nicht", beteuerte ich. Hoffentlich bemerkten sie nicht die Gänsehaut auf meinen Armen.

„Vielleicht sollten wir es ihr lieber doch nicht erzählen", sagte Leah in einem ernsten Ton. „Nachher hat sie noch die ganze Zeit Angst, während sie hier ist."

> Also das war das Bild, das sie von mir hatten? Ein unterentwickeltes, ängstliches Klein Doofi?

„Was für Bären?", fragte ich und stützte mich nach vorn auf die Ellbogen. „Ich finde Bären faszinierend. Hier in der Gegend gibt es nur Schwarzbären. Erzählt mir von ihnen!"

„Uh, ja klar", sagte Lauren. „Du magst Bären. Wer's glaubt." Sie sah mich ganz komisch an, den Kopf auf die Seite gelegt.

„Es sind sogenannte Problembären, Jamie", erklärte Onkel Henry. „Sie kommen auf der Suche nach Nahrung aus dem Wald heraus. Diesen Sommer sind sie schon im ganzen Ort gesichtet worden. Sie waren auf dem Golfplatz und auf einem Campingplatz."

„Einer war sogar in einem Hotel drin", sagte Leah mit großen Augen. „Er hat wohl das Essen gerochen und ist einfach zur Küchentür reinspaziert. Der Koch hat so einen Schreck gekriegt, dass er in den See gerannt ist."

„Wow", flüsterte ich. „Also sind die gefährlich, diese Problembären?"

„Bitte, sag Ja", dachte ich. Moms Mund stand offen. Vielleicht hatte sie dann Angst um mich und würde darauf bestehen, mich morgen wieder mit nach Hause zu nehmen. Hoffentlich!

„Ja, was glaubst du denn?", meinte Lauren. „Natürlich sind die gefährlich. Das sind Bären!"

„Sie lassen dich aber in Ruhe, wenn du sie in Ruhe lässt", fügte Leah hinzu.

„Seid ihr euch da ganz sicher?", fragte Mom. Sie sah jetzt ein bisschen blass um die Nase aus, und Dad tätschelte ihre Hand.

„Sie haben einfach Hunger. Das liegt an dem heißen, trockenen Sommer. Sie finden im Wald nicht genug Beeren, also suchen sie woanders nach Nahrung. Aber Menschen stehen nicht auf ihrem Speiseplan. Du musst keine Angst haben, Jamie", sagte Onkel Henry.

„Ich habe überhaupt keine Angst", sagte ich und

sah in ihre Gesichter. „Wieso guckt ihr mich alle so an?"

Klar, ich kam nicht oft raus aus der Stadt. Meine Familie wohnte in einer Etagenwohnung, wir hatten keine große Wahl. Aber die Familie meiner Cousinen glaubte offenbar, ich hätte vor allem Angst. Und in dem Moment beschloss ich, dass es Zeit war, ihnen das Gegenteil zu beweisen. Ich trank einen großen Schluck Eistee. Dann setzte ich ein falsches Lächeln auf und fragte:

> „Also, wer kommt nach dem Essen mit Wasserskifahren?"

* * *

Ich sprintete aus dem Haus, den Steg hinunter und sprang mit einer Arschbombe in den See, damit keiner Gelegenheit hatte, mich in meinem Bikini anzugaffen. Das brachte alle zum Lachen, was zu meinem Plan gehörte. Vielleicht lenkte sie das von meinem Streichholzkörper ab. Die unförmige Schwimmweste hatte den Vorteil, dass sie mein Bikini-Oberteil komplett verdeckte. Ich versuchte so gut ich konnte, den Anweisungen meines Onkels zu folgen, während meine Cousinen mir die Bretter an die Füße schnallten und mir das Zugseil in die Hand drückten. Jetzt musste ich beweisen, dass ich nicht das ängstliche Klein Doofi war, für das sie mich hielten.

Ich und meine große Klappe. Ich probierte es vom Steg aus. Dann versuchte ich es wieder aus dem Wasser. Und jedes Mal klatschte ich mit dem Gesicht voran in den See und schluckte einen weiteren Mundvoll. Einmal hätte ich sogar fast wieder meine Hose verloren, aber ich konnte sie gerade noch rechtzeitig hochziehen. Wie peinlich das gewesen wäre! Mein Herz raste bei jedem Versuch wie ein verschrecktes Eichhörnchen, doch ich machte gute Miene zum bösen Spiel und versuchte es wieder. Und Mom sah vom Steg aus zu und hatte die ganze Zeit eine Hand am Hals.

Leah und Lauren riefen mir vom Boot aus Ratschläge zu. Das hieß, wenn sie mich nicht gerade auslachten.

„Halt die Skier parallel, Jamie!"

„Reiß nicht so am Seil!"

„Und behalt die Hose an!"

„Guck mal, ihr Gesicht! Du musst locker bleiben!"

Locker bleiben? Sehr witzig. Jedes Mal, wenn das Boot beschleunigte, klatschte ich ins Wasser, und sie mussten wenden, um mich wieder einzusammeln, und alles fing von vorn an. Meine beiden

Cousinen fanden das anscheinend zum Totlachen. Aber für mich war es ganz und gar nicht lustig. Leah hatte auch noch ihre Kamera dabei und schoss ganz viele Bilder. Ich konnte es kaum erwarten, sie auf Facebook zu sehen.

Irgendwann fuhr Onkel Henry endlich zurück zum Anleger. Ich hatte es für heute überstanden; dachte ich. Wenigstens hatte ich es probiert.

Und beim Abendessen konnte ich sogar ein wenig über mich selbst lachen. Ich tat so, als hätte ich es witzig gefunden, auch wenn Mom mich die ganze Zeit besorgt ansah.

Aber dann wurde nach dem Essen das Kanu rausgeholt. Und wie hätte ich Leahs Angebot, mit ihr zu paddeln, ausschlagen können? Ich wollte doch so sehr, dass sie mich nicht mehr für einen Angsthasen hielten.

„Denk daran: Nicht aufstehen! Okay?" Leah hielt das Kanu fest.

„Keine Sorge", sagte ich. „Ich bewege mich nicht!" Vorsichtig kletterte ich vom Steg in das Kanu, und das schmale Boot schwankte gefährlich. „Huch!"

„Bleib einfach still sitzen, Jamie", befahl mir Leah. „Wenn du zu viel rumwackelst, kippen wir um. Und pass gut auf, wenn ich dir zeige, was du machen sollst."

„Mach deine Schwimmweste zu!", rief Mom vom Steg aus. Das hatte ich längst, also ignorierte ich sie.

Leah paddelte im Heck, also hinten. Ich saß steif im Bug, im vorderen Teil des Bootes. So gut ich konnte, befolgte ich Leahs Anweisungen, obwohl mir die dicke Schwimmweste im Weg war. Zuerst hatte ich das Paddel überhaupt nicht im Griff und spritzte mich jedes Mal, wenn ich es aus dem Wasser zog, selber nass. Doch mit jedem Schlag wurde es ein bisschen einfacher. Ich konnte es kaum glauben – ich paddelte tatsächlich ein Kanu!

Wir glitten am Ufer entlang, und ich versuchte, mich zu entspannen. Die untergehende Sonne färbte die glatte Wasseroberfläche in Rosa und Gold. Das irre Lachen eines Eistauchers schallte übers Wasser. Ich entdeckte ihn, als er auf der Jagd nach einem Fisch ins Wasser glitt. Nicht weit vom Kanu tauchte er wieder auf, und Leah und ich bewunderten sein weißes Federhalsband. Es war wirklich schön hier draußen und eine Abwechslung vom ewigen Rumhocken in der Wohnung. Ich liebte die Natur, aber zu Hause in der Stadt bekam ich nicht viel von ihr zu sehen, außer wenn wir in den Park gingen. Dort waren dann allerdings so viele andere Leute, dass die Natur schnell das Weite suchte, sofern sie konnte und nicht im Boden festgewachsen war.

„Es ist wunderschön hier draußen", flüsterte ich leise, damit ich den Eistaucher nicht verscheuche.

„Ich weiß", sagte Leah. „So friedlich."

Dann sah ich sie. Sie schwamm auf das Kanu zu. Sie war lang und grau. Ich konnte ihren Kopf erkennen, die kleinen runden Augen, die zitternde Zunge und alles. Ich zeigte auf sie. „Wow! Guck mal, Leah. Ich hab noch nie eine gesehen! Eine Wasserschlange!"

Leahs Schrei zerriss mir fast das Trommelfell. Der Eistaucher erhob sich flügelschlagend in die Lüfte.

„Hau mit dem Paddel drauf!", brüllte Leah. Sie wand sich, und das Kanu kippelte ein bisschen. „Das ist eine Wassermokassinotter! Die leben zwischen den Steinen da am Ufer. Und die sind giftig!

„Das ist keine Wassermoka..."

In dem Moment hörte ich das Brummen an meinem Ohr. Es war fast so laut wie eine Kettensäge. Und dann landete sie auf meinem Arm – riesige grüne Außerirdischenaugen, rauchgraue Flügel, dicker, haariger Körper: die größte Bremse, die ich je gesehen hatte!

„Ach du Schande!", schrie ich und schüttelte sie ab. „Das Ding ist ja ein Monster! Das soll mich bloß nicht stechen! Denn das tut weh!"

„Halt still", jaulte Leah. „Wenn das Kanu umkippt, kann die Schlange uns ..."

Die Bremse umkreiste meinen Kopf wie ein Hubschrauber. „Die kommt immer wieder!", schrie ich und schlug wild um mich. Das Kanu schwankte.

„Jamie! Pass auf!", warnte mich Leah.

„Ja, ist ja gut", sagte ich. Und dann saß die Bremse auf meinem Knie und glotzte mich an, bevor sie ... zustach!

„Auutsch!", brüllte ich.

Und ich konnte nicht anders – ich sprang im Boot auf. Das Kanu taumelte für einen Moment. Dann verloren wir beide das Gleichgewicht und purzelten in den See. Nach drei Sekunden riefen unsere Eltern vom Bootssteg aus zu uns herüber. Unsere Köpfe hüpften auf dem Wasser auf und ab. Leahs Gesicht war kreidebleich.

> „Die Schlange! Sie ist giftig! Sie beißt uns!", rief sie und strampelte wild in Richtung Ufer.

Ich blickte mich um. Die Schlange war nirgends zu sehen; sie war längst vor dem Krawall geflüchtet. Ich packte Leah hinten an der Schwimmweste und hielt sie zurück.

„Lass mich los! Lass mich los!", schrie sie und trat wild um sich.

Ich ließ von ihr ab. „Und das Kanu?", fragte ich sie.

„Das holen wir später", sagte sie und schwamm mit kräftigen Zügen in Richtung Steg.

Ich griff mir das Seil. Dann drehte ich mich auf

den Rücken und zog das Kanu hinter mir her. Jetzt war ich heute schon wieder im Wasser gelandet. Doch diesmal war mein Lächeln echt. Ich hatte gerade etwas Neues über meine Cousine Leah herausgefunden.

Sie hatte tatsächlich vor etwas Angst!

* * *

„Das war keine Wassermokassinotter", versicherte ich Leah zum zehnten Mal an diesem Abend. „Es war eine Siegelring-Schwimmnatter. Die ist nicht giftig!"

Über die Karten in ihrer Hand hinweg sah sie mich finster an. „Wie willst du dir da so sicher sein?"

„Guck dir doch noch mal das Bild an." Ich schob meinen Reptilienführer über den Tisch. „Und lies, was da steht. Wassermokassinottern gibt es hier überhaupt nicht!"

„Igitt!" Sie schob das Buch weg. „Ich kann mir nicht mal Fotos von Schlangen ansehen. Wie kann man so was bloß als Haustier halten?"

„Slick ist toll", sagte ich. Dann kicherte ich ein bisschen. „Du hättest im Kanu dein Gesicht sehen sollen!"

„Und du hättest deins sehen sollen. Als du versucht hast, Wasserski zu fahren", gab sie zurück. „Und als wir dir von den Bären erzählt haben. Und als sich diese Bremse auf dich gesetzt hat, bevor du das Kanu umgekippt hast." Sie klatschte eine Karte auf den Ablagestapel.

„Du hast doch zuerst so rumgekippelt. Weil du Angst vor der Schlange hattest." Ich nahm ihre abgelegte Kreuzdame auf. Dann knallte ich alle meine Karten auf den Tisch. „Ich hab keine Lust mehr. Und weißt du was? Du hast wieder verloren."

„Ach ja? Du bist doch nicht ganz dicht, du blöder Naturfreak", sagte Leah.

Sie warf ihre Karten in die Luft und stürmte davon. Die Karten verteilten sich über den Fußboden. Ich blickte mich im Zimmer um. Unsere Eltern und Lauren starrten mich an.

„Na, das läuft ja großartig", bemerkte Lauren und knibbelte dann weiter an ihrem Nagellack herum.

* * *

Nein, das war kein besonders guter erster Tag für mich am Waldsee gewesen. Wie sollte ich es hier zwei Wochen lang mit Leah aushalten, wenn wir uns so gar nicht verstanden? Meine Tante und mein Onkel waren entsetzt, obwohl ich ihnen erzählte, dass ich in der Schule ständig solche Sachen zu hören bekam. Manchmal sogar Schlimmeres. Sie gingen dennoch in Leahs Zimmer und redeten mit ihr. Vermutlich war sie jetzt noch saurer auf mich.

„Geht es dir auch gut, Schatz, nach diesem langen Tag?", fragte mich Mom mehrfach, was ich furchtbar peinlich fand, obwohl niemand außer Dad sie hörte. Wieso musste sie mich wie ein Kleinkind behandeln?

„Ja, Mom, es geht mir prima!", versicherte ich ihr.

„Hörst du, Liebling? Es geht ihr prima", sagte Dad, und Mom warf ihm den üblichen bösen Blick zu.

Nicht viel später lag ich im Bett, kratzte meine Insektenstiche und dachte nach. Ich blickte in die Dunkelheit und wünschte, ich wäre irgendwo anders. Meine Cousinen mussten denken, dass ich mich heute wie der letzte Blödmann angestellt hatte – zu nichts zu gebrauchen. Ich war nicht auf die Skier hochgekommen, hatte das Kanu kentern lassen und war auch noch ein Reptilien-Klugscheißer. Und das Schlimmste, ich trug ein Bustier, das ich nicht mal brauchte. Über das meine Mutter vor allen geredet hatte! Grauenvoll. Das war kein gutes Gefühl. Aber wenigstens hatte ich Leahs Schlangenphobie entdeckt. Das konnte vielleicht noch mal nützlich sein. Wie kann man nur so eine Angst vor Schlangen haben?

Als ich gerade einschlief, hörte ich etwas Komisches an meinem Fenster. Mein ganzer Körper wurde wie Wackelpudding. Dann hörte ich es wieder. Es schnürte mir die Kehle zu. Etwas kratzte am Fliegengitter und versuchte hereinzukommen.

„Hilfe", wollte ich rufen, doch es kam nur ein Röcheln heraus. Ich wusste, ich sollte weglaufen, aber ich konnte nicht mal die Beine bewegen. Da war es wieder, das Kratzen. Vielleicht ein Bär, der ins Haus wollte?

„Hilfe!", röchelte ich wieder, diesmal etwas lauter.

Dann hörte ich das Kichern. Ich setzte mich im Bett auf. Langsam zog ich den Vorhang zur Seite. Draußen schimmerte das Mondlicht durch die Baumwipfel. Es war so hell, dass ich meine Cousinen klar und deutlich vor mir sah. Sie standen vor meinem Fenster und kratzten über das Fliegengitter. Mit einer Haarbürste! Als sie mein verängstigtes Gesicht sahen, knallte mir der Blitz einer Kamera in die Augen.

„Das ist nicht witzig, ihr Doofköpfe", rief ich und schlug das Fenster zu.

„Du hättest dein Gesicht sehen sollen, Jamie", hörte ich Lauren sagen.

„Aber keine Sorge. Ich hab das Foto!", rief Leah.

Dann hörte ich wildes Gekicher, ihre Schritte entfernten sich um die Ecke des Hauses, und sie kamen wieder zur Haustür herein. Ich zitterte und tauchte unter meine Decke. Ich kam mir vor wie der letzte Volltrottel – oder wie das, wofür sie mich eh hielten – wie Klein Doofi. Wenigstens war es kein echter Bär gewesen. Obwohl ich langsam dachte, mit einem Bären fertig zu werden, wäre einfacher.

Alles wäre einfacher als mit diesen zwei grässlichen Cousinen klarzukommen!

Beim Brunch am Sonntagmorgen glotzte meine Mutter mich die ganze Zeit an. Vielleicht, weil ich schon meinen dritten in Sirup ertränkten Armen Ritter verdrückte. Nach all der sportlichen Betätigung gestern hing mir heute Morgen der Magen in den Kniekehlen. Und als ich sah, was Onkel Henry zum Frühstück gemacht hatte, stürzte ich mich gleich darauf.

Auch meine Cousinen ließen mich nicht aus den Augen. Wahrscheinlich schlossen sie insgeheim Wetten ab, ob ich nach dem kleinen Zwischenfall letzte Nacht gleich nach Hause flüchten würde. Oder ob ich den Mund aufmachen und sie bei unseren Eltern verpetzen würde.

Aber da konnten sie lange warten. Als ich heute Morgen die Augen aufgeschlagen hatte, da war die Entscheidung gefallen. Letztes Jahr war ich keine zwei Wochen geblieben; nach zwei Tagen – nach dem Bikini-Unfall – hatte ich meine Eltern angefleht, mich mit nach Hause zu nehmen, um mir weitere Blamagen zu ersparen.

> Doch dieses Jahr sollten sie nicht gewinnen. Diesmal würde ich nicht den Schwanz einziehen und nach Hause fahren.

„Jamie meinte gestern, sie fühlt sich nicht so wohl ... bist du ganz sicher, dass es dir gut geht, Schatz?" Jetzt hatte Mom die Hand am Hals. Ich wusste genau, was das bedeutete.

„Ja, Mom", sagte ich. „Ich bin absolut sicher, dass es mir gut geht."

„Na ja, du hast dich gestern ein bisschen warm angefühlt, weißt du noch?" Mom versuchte offenbar, mir einen Ausweg anzubieten. Ich ignorierte sie.

„Ja, weil ich mal ins Wasser musste", erklärte ich schob mir ein großes Stück Armer Ritter in den Mund. „Als ich mich abgekühlt hatte, war doch alles wieder gut."

„Also auf mich macht sie keinen kranken Eindruck", meinte mein Vater. „Sie inhaliert ja praktisch ihr Frühstück."

„Ich will nur sicher sein, Mark", sagte Mom.

Sie sahen sich einen Moment lang finster an, und ich grinste auf meinen Teller.

* * *

Nach dem Brunch wollten meine Eltern aufbrechen, und ich begleitete sie zum Auto. Als Mom mich zum Abschied umarmte, murmelte sie mir etwas ins Ohr.

„Letzte Chance, Jamie. Sonst sehen wir uns erst in zwei Wochen wieder. Bist du dir ganz sicher ..."

„Mom", sagte ich. „Diesmal bleibe ich hier. Mach dich mal locker."

Sie sah einen Moment überrascht aus, dann seufzte sie. „Aber du versprichst mir, dass ..."

„Du brauchst es nicht zu sagen, Mom. Ich mach das schon." Ich schlug die Autotür hinter ihr zu und ging zurück zum Haus.

Als der Wagen knirschend die Zufahrt hinunterrollte, wollte alles, jede Zelle in mir schreien: „Halt! Wartet! Nehmt mich mit!"

Aber nein. Diesmal nicht. Diesmal hatte ich mir

vorgenommen durchzuhalten. Ich hatte noch einiges zu beweisen!

* * *

Am Nachmittag standen Leah und ich wieder auf dem Bootssteg. Diesmal trug ich Maske, Schnorchel und gelbe Flossen. Lauren räkelte sich in ihrem schwarzen Bikini auf einem Badetuch am Ende des Stegs. Sie hatte eine Sonnenbrille auf und Kopfhörer ins Ohr gestöpselt und hörte auf ihrem MP3-Player Musik. Das hätte ich jetzt auch viel lieber gemacht, aber ich besaß nicht mal einen MP3-Player. Ich wette, sie guckte sich durch ihre dunklen Brillengläser meinen dünnen Körper an. Leah trug ihren rosafarbenen Wassergöttinnen-Bikini von gestern. Hach, wenn ich doch nur im Bikini so aussehen könnte.

„Vertrau mir, das wird lustig", sagte Leah.

„Dir vertrauen?", erwiderte ich. „Nach letzter Nacht?"

„Wir haben doch nur Spaß gemacht. Stimmt's, Lauren?", meinte Leah. Keine Reaktion, war ja klar. Laurens Fuß wippte im Takt der Musik. Leah zuckte die Achseln. „Es war ein Scherz, Jamie."

„Also, wenn es so lustig war, wieso habe ich dann nicht gelacht?", fragte ich.

Darauf wusste Leah keine Antwort. Sie fummelte

ein bisschen an ihrer Maske herum und verstellte die Riemen an ihren Flossen. Dann sah sie mich wieder an. „Du kannst doch schwimmen, oder? Also, ohne Schwimmweste?", fragte sie.

„Logisch! Ich trainiere jeden Winter im Verein", sagte ich. „Ich kann sogar ziemlich gut schwimmen. Aber Schnorcheln hab ich noch nie gemacht. Und ehrlich gesagt hab ich keine Ahnung, wie das überhaupt gehen soll."

„Kein Problem, ich zeig's dir. Komm", sagte sie. Dann sprang sie vom Steg.

Mit einen spitzen Schrei setzte sich Lauren auf und tupfte sich die Wassertropfen von den Beinen.

„Ha, Jamie, du siehst ja aus wie Donald Duck mit diesen riesigen gelben Flossen an den Füßen! Und spritz mich bloß nicht nass beim Reinspringen!"

Donald Duck? Sie hatte wieder dieses Katzenlächeln im Gesicht. Das beunruhigte mich.

„Komm, jetzt du!", rief Leah aus dem Wasser.

Toll. Jetzt ich. Ich wollte nicht zugeben, wie schrecklich nervös ich war. Ich meine, wie sollte man durch dieses kleine Rohr atmen können? Was war, wenn Wasser reinkam? Und wenn Wasser in die Maske lief? Ich hatte Angst, im See wieder wie Klein Doofi auszusehen. In einem Sport zu versagen, in dem Leah gut war. Dann fiel mir etwas ein. Und ich lächelte.

„Hoffentlich kommt diese Schlange nicht wieder aus den Steinen, wenn wir im Wasser sind", bemerkte ich. „Diesmal würden wir sie nicht kommen sehen."

Ich sah, wie sich Leahs Gesicht veränderte. „Aber du hast doch gesagt, sie ist nicht giftig."

„Na ja, es ist immer noch eine Schlange", sagte ich. „Sie kann trotzdem beißen. Juhu!", rief ich. Dann machte ich eine gewaltige Arschbombe vom Ende des Stegs.

Aber mir war nicht klar gewesen, wie tief es hier war! Ich tauchte ganz weit unter und kam nicht mal auf den Boden. Durch die Maske sah ich überall um mich herum silbrige Blasen aufsteigen. Dann füllten sich die Maske und der Schnorchel mit Wasser. Ich versuchte zu atmen und sog Wasser in den Mund. Halb erstickend kam ich an die Oberfläche, riss mir den Schnorchel aus dem Mund und spuckte einen Schwall Seewasser aus.

Als ich mich nach Leah umsah, war sie nicht mehr da. Ihre Flossen lagen am Ende des Stegs, und sie rannte gerade zum Haus. Lauren war ihr dicht auf den Fersen. Ihr klitschnasses Badetuch lag neben den Flossen. Ah, süße Rache!

Hmmm. Vielleicht war Wassersport ja doch nicht nur blöd.

* * *

Den restlichen Nachmittag über sah ich nicht viel von Leah und Lauren. Sie unternahmen mit Onkel Henry eine längere Bootstour zum Jachthafen, und ich verzichtete. Stattdessen setzte ich mich auf die mit Fliegengittern geschützte Veranda und las eine Weile. Dann ging ich mit meiner Kamera raus, einen moosbewachsenen Waldweg entlang, und suchte nach interessanten Sachen. Wie Schlangen oder Kröten oder Molchen. Ich hatte sogar Glück.

Unter einem toten Ast entdeckte ich einen Blauflecken-Querzahnmolch. Ich nahm ihn in die Hand, um ihn mir ganz genau anzusehen. Dann setzte ich ihn wieder zurück und zoomte ihn für ein schnelles Foto heran, bevor er davonhuschte. Leise ging ich weiter und hoffte, noch mehr so tolle Entdeckungen zu machen. Und ich hatte wieder Glück.

Ein braunes Kaninchen schoss über den Weg und ließ sein weißes Schwänzchen aufblitzen. Dann flitzte ein Streifenhörnchen vorbei. Für ein Foto waren sie leider beide zu schnell.

Ein paar Minuten später schnatterte mich von einem Baum aus ein Rothörnchen an, und ich erwischte es mit meiner Kamera. Leah hatte recht. Ich war wirklich ein Naturfreak. Aber es gibt so viel zu sehen, wenn man sich einfach mal die Zeit nimmt und hinschaut.

Als ich mein Objektiv gerade auf einen schwarzglänzenden Käfer richtete, hörte ich die Glocke, die zum Abendessen rief.

„Essen!", rief Tante Jane von der Terrasse.

Rasch schoss ich ein Foto. Mein Magen knurrte – das Mittagessen war schon lange her. Ohne den Blick vom Waldboden zu nehmen, machte ich mich auf den Rückweg. Ich hielt nach einer Schlange Ausschau. Ich fand keine, aber dafür etwas anderes. Etwas, das ich auf dem Hinweg übersehen hatte.

Es war ein Vogeljunges! Und es saß auf einem Blatt neben dem Weg. Es hatte noch nicht mal sein ganzes Gefieder, aber ich erkannte trotzdem, dass es ein Blauhäher war. Er war klein und zerbrechlich, und zwischen den neuen bläulichen Federn konnte ich die fast durchscheinende Haut sehen. Als ich mich zu ihm hinabbeugte, riss er kläglich seinen breiten, rosafarbenen Schnabel auf und piepste mich an. Er hatte Hunger.

Und ich hatte Angst, dass er sterben würde, wenn ich ihn dort ließ.

7

Ich rannte den ganzen Weg zurück zum Haus.

„Ich brauche einen Karton oder so was", rief ich, als ich die Terrasse erreichte. „Ihr glaubt nicht, was ich gefunden habe!"

Die Mädchen saßen bereits am Picknicktisch. Leahs Augen wurden erst groß, dann schmal. „Du willst ja wohl keine Schlange mit hierher bringen!", warnte sie mich.

„Sie hat immer noch Panik", sagte Lauren. „Sei nicht gemein, Jamie!"

Ich gemein? Stirnrunzelnd sah ich sie an. „Ich habe ein Vogelbaby draußen auf dem Waldweg gefunden", erklärte ich. „Ich habe nach dem Nest gesucht, aber da ist keins. Die Eltern habe ich auch nicht gesehen, die müssten ja eigentlich da sein und versuchen, ihr Junges zu beschützen!"

„Ein Vogelbaby!", rief Onkel Henry. „Aber was sollen wir denn damit?"

„Wir müssen versuchen, es zu retten", sagte ich. „Wir können es doch nicht einfach dort verhungern lassen."

„Aber womit sollen wir es füttern?", fragte Tante Jane, die gerade eine Schüssel mit Hühnchenteilen auf den Tisch stellte. „Ich habe keine Ahnung, was man mit Vögeln macht. Außer mit denen zum Essen natürlich!"

Ich lachte. „Keine Sorge, Tante Jane. Ich mag Vögel fast so gern wie Schlangen. Ich habe doch einen Nymphensittich, er heißt Crackers. Ich weiß genau, wie man sie versorgt!"

„Du hast eine Schlange und einen Vogel?" Leah sah mich ungläubig an. „Was ist bloß los mit dir?"

„Und meinen kleinen Drachen, er heißt Icky", erzählte ich ihr. „Er ist so toll!"

> „Einen Drachen?" Lauren blieb der Mund offen stehen. „Es gibt wirklich so was wie Drachen?"

Da musste ich laut lachen. „Also, Icky kann leider kein Feuer spucken, obwohl das wirklich cool wäre! Er ist eine Echse, Lauren. Eine Bartagame", versicherte ich ihr. „Kein echter Drache. Es gibt keine Drachen. Außer in Büchern und Filmen!"

„Hm, das wusste ich", sagte Lauren und warf ihre langen dunklen Haare nach hinten. „Ich hab nur Spaß gemacht, Jamie."

„Na gut", sagte ich augenzwinkernd. „Wenn du das sagst, Lauren."

Tante Jane war in den Schuppen gegangen und kam mit einem Beerenkorb zurück. „Reicht das?", fragte sie. „Ist das die richtige Größe?"

„Ja, der ist gut." Ich nahm das Körbchen und lief zurück in den Wald.

„Wir essen dann später", rief Tante Jane hinter mir her.

* * *

Eine Viertelstunde später beugten wir uns alle über den Korb. Ich hatte ihn auf den Picknicktisch gestellt. Jetzt erklärte ich allen, was wir als Nächstes tun mussten. Der Vogel sperrte immer wieder den Schnabel auf. Ich hatte ihm bereits mit einem kleinen Löffel ein bisschen Zuckerwasser eingeflößt. Und wir machten alle Fotos von ihm.

„Der Vogel ist so süß", sagte Leah immer wieder.

„Wann kann ich ihn mal nehmen?", fragte Lauren.

„Bitte, ihr dürft ihn nicht anfassen!", ermahnte ich sie alle. „Er ist ganz zart und zerbrechlich!"

„Also, was müssen wir noch tun?", fragte Tante Jane. „Du kennst dich ja richtig damit aus, wie man kleine Vögel aufpäppelt. Woher weißt du das alles überhaupt?"

Ich zuckte bloß mit den Schultern. Und lächelte. Zum ersten Mal an diesem Wochenende war mein Lächeln echt. „Ich brauche eine Pinzette, Tante Jane. Und hartgekochte Eier und rohes Fleisch. Wir müssen den kleinen Kerl hier etwa alle zwanzig Minuten füttern."

„Ich koche ein paar Eier und hol die Pinzette." Tante Jane lief ins Badezimmer.

„Igitt! Nimm aber nicht meine, Mom!", kreischte Lauren und rannte ihr sicherheitshalber hinterher.

„Ich habe Würmer zum Angeln. Sie sind in einer Dose im Kühlschrank", sagte Onkel Henry. „Geht das damit?"

„Klar, aber die Futterversorgung darf nicht abreißen. Vogeljunge fressen permanent."

„Ich hole die Würmer." Onkel Henry eilte in die Küche.

Ich warf einen Blick zu Leah. Sie sah mich staunend an.

„Woher weißt du so viel darüber?", fragte sie.

„Ich bin doch ein Naturfreak, hast du selbst gesagt." Ich zog die Stirn kraus.

„Oh, ja", sagte sie und lächelte ein bisschen. „Der Vogel ist so süß. Meinst du ... ich ... ich könnte ihr vielleicht einen Namen geben? Obwohl du sie gefunden hast?"

„Sie? Du glaubst, das ist ein Mädchen?", fragte ich und grinste. Leah lächelte zurück und nickte. „Ja, klar, wieso nicht, Leah. Aber nur, wenn du versprichst, mir beim Füttern zu helfen."

„Natürlich", sagte meine Cousine. „Ich nenne sie ... Piepsi."

„*Piepsi*?" Ich schüttelte den Kopf. „Im Ernst?"

„Im Ernst", sagte Leah.

> Und damit hieß sie Piepsi.

* * *

Ein verwaistes Vogeljunges zu pflegen, ist nicht einfach. Ich hatte schon viel im Internet und in Büchern darüber gelesen. Und insgeheim hatte ich immer gehofft, eines Tages eins zu finden. Und jetzt war es passiert! Jetzt wusste ich wirklich, wie viel Arbeit das war. Eine Menge Arbeit – und eine wunderbare Ablenkung für mich hier oben im Haus am Waldsee!

Wir fütterten Piepsi wieder, nachdem wir selbst gegessen hatten, und dann den ganzen Abend hindurch mit zermatschten Eiern und kleingeschnittenen Würmern. Leah und Lauren mussten fast kotzen, als ich die Würmer zerkleinerte, aber das hielt sie nicht davon ab, Fotos zu machen. Piepsi war so hungrig, dass wir sie alle Viertelstunde bis fast zehn Uhr abends fütterten. Dann schlief sie endlich ein.

„Wir sollten jetzt auch ins Bett gehen", sagte ich am späten Abend zu meinen Cousinen. „Sie wird früh aufwachen, und dann müssen wir wieder von vorn anfangen."

„Darf sie in unserem Zimmer schlafen?", fragte Leah. „Bitte, Jamie."

„Das ist wohl keine so gute Idee", mischte sich Onkel Henry ein. „Jamie ist die Expertin. Also sollte auch sie in der Nacht den Vogel versorgen."

Puh! Ich war so froh, dass mein Onkel das gesagt hat. Ich wusste, dass es falsch war, einen Vogel von seinem Nest wegzuholen. Aber es war kein Nest in der Nähe gewesen, nicht mal ein anderer Vogel. Ich wusste auch, dass es am besten war, ein Vogeljunges da zu lassen, wo man es fand, falls die Eltern zurückkamen. Aber ich war den ganzen Abend immer wieder mit dem Körbchen zurück an die Stelle gegangen. Ich hatte es sogar auf den Boden gestellt und mich für eine Weile versteckt, aber keine Blauhäher-Mama und kein Blauhäher-Papa waren aufgetaucht, um sich um Piepsi zu kümmern. Auf keinen Fall hätte ich den Vogel nachts allein draußen gelassen. Und auch nicht im Zimmer meiner Cousinen. Ich war jetzt für Piepsi verantwortlich.

Ich stellte das Körbchen auf den Nachttisch neben meinem Bett. Ich hatte ein bisschen trockenes Gras gesammelt und Piepsi ein kleines Nest gebaut. Es sah ganz gemütlich aus.

Als ich am Abend ins Bett ging, fühlte ich mich zur Abwechslung mal richtig gut. Alle waren ganz aufgeregt wegen des Vogels und machten sich Gedanken, wie er versorgt werden müsste. Und ich war die Einzige, die wusste, was zu tun war! Endlich war ich gut in etwas außer Kleinsein. Und niemand redete mehr von Wasserskifahren, Schnorcheln oder Paddeln.

Als ich zur Schlafenszeit das Licht ausmachte, kam ich mir zum ersten Mal am Waldsee nicht wie Klein Doofi vor.

Die ersten paar Tage nach dem Vogelfund hatten wir alle Hände voll zu tun. Vogelfüttern ohne Pause. Klein Piepsi fraß wie ein Weltmeister.

Am Montagmorgen ging Tante Jane auf den Markt und kaufte rohe Leber. Die war für Vogelbabys sehr gesund, und zwar aus demselben Grund, aus dem sie auch gut für Menschen ist – voller Vitamine und Mineralstoffe, aber eklig anzusehen.

Piepsi liebte die Leber sogar noch mehr als die Würmer. Doch meine Cousinen ekelten sich. Immer, wenn ich ein Stück Leber kleinschnitt, standen sie daneben und würgten. Noch schlimmer fanden sie allerdings das ständige Saubermachen. Denn was in einen Vogel reingeht, muss auch irgendwo wieder raus, und mein Angebot, diese Aufgabe mit ihnen zu teilen, lehnten sie beide ab.

Jedes Mal, wenn wir nachsahen, hatte Piepsi den Schnabel weit offen. Das hieß, sie brauchte wieder etwas zu fressen. Und wir mussten sie füttern, bis sie aufhörte zu betteln. Wir wechselten uns ab, ihr das Futter in den Schnabel fallen zu lassen. Zuerst stritten sich Leah und Lauren immer um die Pinzette. Ich musste ständig dazwischengehen und sie daran erinnern, wer an der Reihe war. Allerdings hatte Leah Glück, da Lauren Piepsi irgendwann nur noch Eigelb geben wollte, weil ihr bei allem anderen Futter schon vom Anblick schlecht wurde. Also durfte Leah sowieso viel öfter füttern als Lauren.

Es kam noch besser: Am Montag und Dienstag regnete es fast den ganzen Tag. Von Wassersport sprach niemand mehr, was mir nur recht war. Meinetwegen hätte es die gesamten zwei Wochen durchregnen können. Ich hatte jetzt eine Aufgabe, die mich ausfüllte, und freute mich über alles, was mich vom See fernhielt. Ich hatte kein Problem damit, herumzusitzen und zu lesen oder Brettspiele und Karten zu spielen. Leah und ich kamen jetzt auch einigermaßen miteinander klar. Wenn wir nicht den Vogel fütterten, spielten wir meistens

Karten. Es herrschte eine Art Waffenruhe zwischen uns – und das verdankten wir Piepsi.

Lauren langweilte sich allerdings zu Tode. Nach dem zweiten Regentag fand sie sogar den Vogel langweilig. Sie lackierte sich zweimal am Montag und zweimal am Dienstag die Finger- und Fußnägel neu. Das ganze Haus stank nach Nagellackentferner, und ich hielt mir demonstrativ die Nase zu, woraufhin sie genervt die Augen verdrehte. Sie hatte zig Magazine durchgeblättert, und ihr MP3-Player war ständig in ihr Hirn eingestöpselt. Am Dienstagnachmittag machte sie alle mit ihrem Gejammer übers Wetter so verrückt, dass Tante Jane mit ihr in die Stadt fuhr, wo sie sich von ihrem Taschengeld ein Paar neue Ohrringe kaufte. Ich vermisste sie nicht, während sie weg war.

Es regnete nicht nur, es war auch noch kühl geworden, also konnte ich drinnen in Jogginghose und Kapuzenpulli rumlaufen und meinen Streichholzkörper verstecken, ohne dass jemand doof guckte oder mich fragte, ob mir nicht „zu heiß in den ganzen Klamotten" sei.

Allmählich fand ich es gar nicht mehr so schlimm hier am Waldsee. Ja, ich fing sogar an, fast so etwas wie Spaß zu haben. Doch ich konnte die schreckliche erste Nacht nicht vergessen, als meine Cousinen mit der Haarbürste an meinem Fenster gekratzt hatten, und auch ein paar von Laurens Bemerkungen mit ihrem Katzenlächeln saßen tief. Die, bei denen ich am liebsten vor Scham im Boden versunken wäre. Und ich befürchtete, dass die beiden wieder auf mich losgehen würden, sobald der Regen aufhörte und die Sonne rauskam.

* * *

Am Mittwoch, als ich aufwachte, schien die Sonne leider wieder.

Meine Cousinen wollten gleich als Erstes schwimmen gehen, weil es schon morgens so heiß war. Und sofort ging es wieder los. Leah drängte mich, mitzukommen. Sie sagte: „Los, beeil dich, zieh deine Badesachen an!"

Ich sagte: „Nein danke, ich haben keine Lust, so früh zu schwimmen", und setzte mich mit einer Schüssel Cornflakes auf einen Liegestuhl am Bootssteg. Während ich aß, sah ich ihnen zu, wie sie zum Badefloß um die Wette schwammen. Sie waren beide ziemlich schnell, kein Wunder, so viel, wie sie im See übten.

Es war ein wunderschöner Morgen. Nach dem kühlen, regnerischen Wetter der letzten zwei Tage war das Wasser still und dunstig, und die Sonne brannte schon richtig heiß. Ich hätte nichts lieber getan, als ins Wasser zu springen und raus zum Floß zu schwimmen. Aber dafür hätte ich wieder meinen Bikini anziehen müssen. Und dann wäre vielleicht wieder jemandem aufgefallen, wie weiß und dünn ich war. Oder ich hätte mir anhören müssen, ich sähe aus wie Donald Duck. Oder jemand wäre auf die Idee gekommen, dass ich noch mal Wasserski fahren sollte, während mir doch noch von meinem ersten Versuch am Wochenende alles wehtat. Und ich hatte auch gar keine Lust, noch mal richtig unter Wasser getaucht zu werden.

Für den Nachmittag hatte die Familie geplant, mit dem Boot zu einer Ferienanlage in der Nähe zu fahren. Sie hatten dort eine Sommermitgliedschaft im Tennisclub und wollten Doppel spielen, die Mädchen gegen ihre Eltern. Und ich sollte mitkommen und auch mal spielen.

Ich schob den Vogel als Ausrede vor. Am Morgen war Piepsis Köpfchen immer wieder nach vorn gekippt, so als wäre sie müde, und sie hatte auch nicht so gut gefressen wie sonst. Also musste jemand hierbleiben und auf sie aufpassen. Außerdem würden mich keine zehn Pferde auf einen Tennisplatz kriegen. Ich stellte mich schon mit Wasserskiern doof genug an; ich wollte gar nicht wissen, wie ich aussah, wenn ich mit einem Tennisschläger in der Hand einem Ball hinterherhechtete.

„Und es macht dir bestimmt nichts aus, allein zu bleiben?", fragte Tante Jane, als sie zu den anderen ins Boot kletterte. „Deine Mutter würde wahrscheinlich den Kontakt zu mir abbrechen, wenn sie wüsste, dass wir dich hier alleinlassen. Aber Cheryl, unsere Nachbarin, ist da. Sie sitzt draußen auf ihrem Steg und liest. Ich habe ihr schon gesagt, dass du hier bleibst. Du musst versprechen, dass du ihr Bescheid sagst, wenn du schwimmen gehst, ja? Du bist doch klug genug, nicht allein ins Wasser zu gehen, nicht wahr, Jamie?"

„Wow, Tante Jane", sagte ich. „Jetzt hörst du dich ja schon an wie meine Mutter! Das ist doch das Erste, was man im Schwimmkurs lernt: immer mindestens zu zweit! Ich komme schon zurecht, glaub mir. Und jemand muss ja bei Piepsi bleiben."

„Bis später, Jamie", sagte Leah. „Wenn wir zurückkommen, kannst du ja noch mal probieren, Wasserski zu fahren, okay?"

„Nur über meine Leiche", sagte ich, wohl wissend, dass der Bootsmotor meine Worte verschluckte.

Als sie wegfuhren, war es eine Erleichterung. Es war schön, allein zu sein und sich keine Gedanken zu machen, was die anderen wohl über mich dachten oder wozu sie mich als Nächstes auffordern würden. Ich überredete Piepsi, ein bisschen zu fressen, machte sie sauber und beobachtete sie ein Weilchen, aber sie wollte nur schlafen.

Danach zog ich meinen Bikini an und spazierte runter zum Steg, wo immer noch die ganzen Schnorchelsachen vom Vortag rumlagen. Ich hatte vor gehabt, mich mit meinem Buch auf den Steg zu setzen, die Füße ins Wasser baumeln zu lassen und später vielleicht ein bisschen zu schwimmen. Stattdessen machte ich mich gleich an der Schnorchelausrüstung zu schaffen.

Ich zog die Flossen an, setzte mich aufs Ende des Stegs und planschte ein bisschen mit meinen Entenfüßen im Wasser. Lauren hatte recht. Mit meinen dürren Beinchen, die aus den riesigen gelben Gummiflossen ragten, sah ich wahrscheinlich wirklich aus wie eine Ente. Ich musste bei dem Gedanken sogar ein bisschen lachen. Dann zog ich die Maske auf, steckte mir den Schnorchel in den Mund und versuchte, durch ihn zu atmen. Das machte ein komisches, hohles Geräusch in meinem Kopf.

„Hallo, Jamie!"

Als ich hinübersah, winkte Cheryl, die Nachbarin, mir von ihrem Steg aus zu.

„Möchtest du schnorcheln?", fragte sie. „Ich passe gerne auf, wenn du willst. Deine Tante hat mich darum gebeten, und ich tu's gern. Ich sitze sowieso hier."

„Nicht nötig", rief ich zurück. „Ich hab das noch nie gemacht. Ich weiß gar nicht, wie das geht."

„Ach, das ist nicht schwer", sagte Cheryl. Sie stand auf und kam von ihrem Steg herüber zu meinem. Sie war eine ältere Dame, vielleicht so alt wie meine Oma, und hatte ein freundliches Lächeln und ganz viele Lachfalten um die Augen. „Wenn du an der Oberfläche schwimmst, atmest du ganz normal durch das Rohr. Und bevor du tauchen willst, musst du einmal tief Luft holen. Der Schnorchel füllt sich mit Wasser, aber das machst nichts, denn du hältst unter Wasser ja die Luft an. Wenn du wieder nach oben kommst, pustest du das Wasser einfach raus wie ein Wal. Probier es mal!"

Bei Cheryl hörte sich das so einfach an. Und vielleicht war es ja auch gar nicht so schwer – nur war Leah am Sonntag, nach der Aktion mit der Arschbombe, nicht mehr dazu gekommen, es mir richtig zu erklären.

„Probieren?", sagte ich. „Na gut, wieso nicht."

Ich wollte gerade reinspringen, da fasste Cheryl mich am Arm.

„Darf ich einen Vorschlag machen?", fragte sie. „Es wäre vielleicht schlauer, wenn du über die Leiter reinsteigst, dann kommt nicht sofort Wasser in den Schnorchel."

„Hmm. Da ist was dran", sagte ich und lächelte.

Ich steckte den Schnorchel in den Mund und stieg die Leiter hinab. Das Wasser war warm, und ich konnte ohne Probleme hineingehen. Dann probierte ich ein paar Atemzüge durch den Schnorchel und drückte mich ab. Ich steckte das Gesicht ins Wasser und schwamm, durch das Plastikrohr atmend, an der Oberfläche herum. Nach ein paar Minuten hatte ich den Dreh raus.

„Ich habe dir doch gesagt, das ist leicht", hörte ich Cheryl sagen. Ihre Stimme klang durch das Wasser gedämpft. „Ich setze mich auf meinen Steg und sehe dir zu. Du machst das schon!"

Ich staunte, was es unter Wasser alles zu sehen gab. Die Steine und alten Hölzer am Grund waren gestochen scharf. Ich sah ganze Schwärme von winzigen, glänzenden Fischen unter mir. Wenn ich in ihre Nähe kam, stoben sie in einem Gewirr aus Kiemen und Schwänzen davon. Als ich näher zum felsigen Ufer schwamm, sah ich etwas aufblitzen, etwa einen Meter unter mir, wo es flacher war. Es sah aus wie ein Fischköder, der sich an einem alten Ast verhakt hatte. Auch mit ausgestrecktem Arm kam ich nicht ganz heran. Das hieß, ich musste tauchen.

Ich holte einmal tief Luft. Dann tauchte ich unter. „Nicht amten, nicht atmen", erinnerte ich mich immer wieder. Vorsichtig, damit ich mich nicht an dem Angelhaken verletzte, zog ich am Köder, bis er sich von dem Holzstück löste. Dann schwamm ich mit kräftigen Tritten an die Oberfläche und pustete fest. Ein Schwall Wasser platschte mir auf den Kopf; es war das Wasser aus dem Schnorchel. Ha, ich hatte es ausnahmsweise mal nicht geschluckt!

Ich schwamm zum Steg zurück und legte den Köder auf die Holzplanken. Dann winkte ich Cheryl zu.

„Das ist super", rief ich. „Danke für die Tipps, Cheryl. Ich hab sogar einen Angelköder gefunden!"

Cheryl lächelte und winkte zurück. Dann stieß ich mich wieder von der Leiter ab für meinen nächsten Schnorchelgang.

9

Das Schnorcheln machte einen Riesenspaß. Ich merkte gar nicht, wie die Zeit verging, bis ich von Weitem das Boot hörte. Ich kletterte aus dem Wasser und sah zu, wie Onkel Henry am Steg anlegte. Sie lächelten alle, als sie die Ausrüstung sahen, die ich anhatte – alle bis auf Lauren natürlich. Sie betrachtete ihre Fingernägel.

„Danke fürs Aufpassen", rief Tante Jane Cheryl zu.

„Wow, du warst schnorcheln?", fragte Leah, als sie aus dem Boot stieg.

„Ja", antwortete ich grinsend. „Und ich hab keine einzige Schlange gesehen! Und guck mal, der Köder, den ich gefunden habe!"

„Mein Spinner!", rief Onkel Henry. „Den habe ich letzten Monat verloren! Danke, Jamie!"

„Hast du denn jetzt vielleicht Lust, mit mir zusammen zu schnorcheln, Leah?", fragte ich.

„Ähm ... vielleicht später."

Nervös blickte sie zum felsigen Ufer, wo die Wasserschlange wohnte. „Und wie geht's Piepsi? Hat sie was gefressen? Als wir vor ein paar Stunden gefahren sind, hatte sie ja nicht viel Hunger."

Mein ganzer Körper erschlaffte plötzlich, und mir wurde übel. Ich riss mir die Flossen und die Maske herunter, sprintete über den Steg und den Weg hinauf und rannte einfach so mit triefendem Bikini und dreckigen Füßen ins Haus.

> Als ich das Körbchen sah, wusste ich gleich, dass etwas nicht stimmte.

Piepsi bewegte sich nicht. Ihr Kopf war zu einer Seite gefallen, als wäre ihr gelber Schnabel zu schwer für sie geworden. Ihre Augen waren geschlossen. Sie war tot. Ich hatte vergessen, sie zu füttern, und jetzt war sie tot. Ich stand da, starrte sie an und konnte mich nicht rühren. Ich hörte die Fliegentür hinter mir knallen, dann Schritte auf dem Holzboden. Aber ich drehte mich nicht um; ich konnte jetzt niemandem ins Gesicht sehen.

Mein Hals zog sich zusammen, und Tränen stiegen mir in die Augen, also kniff ich sie fest zu. Ich wollte nicht vor den anderen heulen und wieder doof dastehen, weil ich wegen eines kleinen Vogels sentimental wurde. Wegen eines kleinen Vogels, der meinetwegen gestorben war.

Dann legte mir jemand sachte die Hand auf die Schulter. Ich drehte mich langsam um. Hinter mir stand Leah.

„Ach, Jamie", sagte sie. „Das tut mir so leid. Wieso musste Piepsi sterben?"

Tränen liefen ihr über das Gesicht. Hinter ihr stand Lauren und blinzelte ganz schnell. Meine Tante und mein Onkel guckten so traurig, wie ich sie noch nie gesehen hatte. Auch Tante Jane wischte sich eine Träne aus dem Augenwinkel. Onkel Henry legte mir die Hand auf die andere Schulter. Und wir standen alle ganz still da und guckten auf das arme kleine Bündel, das reglos in seinem Körbchen lag.

* * *

Eine Viertelstunde später standen wir wieder still im Kreis und guckten auf einen flachen Stein, den ich auf Piepsis Grab gelegt hatte. Wir hatten uns überlegt, sie im Wald zu begraben, an der Stelle, an der ich sie am Sonntagnachmittag gefunden hatte. Sie hatte nur drei Tage überlebt. Und ich fühlte mich verantwortlich.

„Du hast für sie getan, was du konntest, Jamie. Das weißt du doch, oder?", murmelte Onkel Henry.

„Nein, hab ich nicht." Die Worte steckten mir im Hals fest. „Ich habe sie heute völlig vergessen. Weil ich draußen im See war und meinen Spaß hatte."

„Vogeljunge aufzuziehen ist sehr schwierig", erklärte Tante Jane. „Ihre Eltern sind pausenlos damit beschäftigt, sie satt zu kriegen."

„Und es ging ihr heute Morgen schon nicht gut", sagte Leah schniefend. „Sie war bereits krank. Gib dir bitte nicht die Schuld."

„Genau", meinte auch Lauren. „Du kannst nichts dafür, Cousinchen."

Danach gingen meine Tante und mein Onkel Arm in Arm zum Haus, um sich um das Essen zu kümmern. Wir drei blieben auf der schattigen Lichtung stehen und guckten weiter auf das winzige Grab. Ein paar Minuten lang schwiegen wir, als würden wir Piepsi die letzte Ehre erweisen. Dann tat Leah einen langen, schweren Seufzer.

„So", sagte sie. „Es bringt ja nichts, hier noch länger rumzustehen. Hör zu, Jamie, ich bin im Moment nicht so wild darauf, in der Nähe vom Ufer zu schnorcheln, weil, also ... wegen dieser Schlangensache und so. Die wartet doch nur darauf, sich ranzuschleichen und mich zu beißen, wenn ich an ihrem Versteck vorbeikomme."

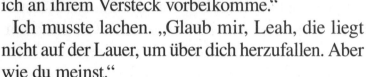

Ich musste lachen. „Glaub mir, Leah, die liegt nicht auf der Lauer, um über dich herzufallen. Aber wie du meinst."

Leah schnitt eine Grimasse. „Sollen wir einfach so schwimmen? Es ist heiß, und ich bin immer noch total verschwitzt vom Tennis. Wenn wir ganz doll rumplanschen, vergraulen wir die dumme Schlange. Hast du Lust? Vielleicht können wir ja ..." – sie wackelte herausfordernd mit den Augenbrauen – „... ein Wettschwimmen machen – zum Floß und zurück!"

Ich dachte keine Sekunde daran, Nein zu sagen. Beim Schwimmen ging es mir immer gleich besser. Und im Moment war mir wirklich ziemlich egal, was irgendjemand über meinen Streichholzkörper dachte. Ich wollte nur meinen Frust im See wegschwimmen.

„Ich bin dabei", sagte ich. „Wir treffen uns gleich am Steg, wenn du umgezogen bist."

„Cool", sagte sie und klatschte mich ab.

Als wir wieder am Haus waren, machte ich einen kurzen Stopp im Bad und ging dann in mein Zimmer, um mich mit noch mehr wasserfester Sonnencreme einzuschmieren. Die erste Schicht war nach all dem Schnorcheln längst runtergewaschen. Als ich auf dem Bett saß und mir Nacken und Ohren eincremte, wie Mom es mir immer einschärfte, hörte ich wieder Stimmen draußen auf dem Weg.

> „Du lässt sie doch gewinnen, ja?", hörte ich Lauren sagen. „Denn wenn nicht, ist das echt fies. Weil sie sich doch so schlecht fühlt gerade."

„Ja, klar, was glaubst du denn?", erwiderte Leah. „Ich will sie doch aufmuntern und nicht noch mehr runterziehen! So gemein bin ich nun auch wieder nicht!"

Ich lächelte in mich hinein. Das versprach, interessant zu werden. Sie hatten keine Ahnung, dass ich den ganzen Winter über Wettkämpfe schwamm. Dass ich die Schnellste in meiner Mannschaft war. Ich sprach nie darüber. Im Aufschneiden war ich nicht so gut. Doch wenn das Startsignal ertönte, machte es in mir Klick, und ich ging ab wie eine Rakete. Ein Wettschwimmen gegen meine Cousine – das war doch mal was.

Als ich zum Steg zurückkam, waren die beiden schon da. Lauren hatte wieder ihr Handtuch ausgebreitet und lag in der Sonne. Leah saß am Rand. Aber sie ließ die Füße nicht ins Wasser baumeln. Sie hatte die Knie hochgezogen und schaute auf die Wasseroberfläche.

„Wonach suchst du?", fragte ich sie und gab mir Mühe, nicht zu grinsen.

„Haha", machte sie. „Tu nicht so. Die Schlange ist hier irgendwo. Das weiß ich! Und ich klettere nicht mehr diese Leiter runter. Ich springe einfach rein."

„Oje." Ich setzte mich neben sie und ließ die Füße ins Wasser hängen. „Die tut dir nichts, Leah. Das versuche ich die ganze Zeit schon, dir zu erklären. Wenn wir im See sind und im Wasser rumplanschen, traut sich die Schlange gar nicht in unsere Nähe, das weißt du doch selbst. Denn glaub mir, die will dir genauso wenig begegnen wie du ihr!"

„Ja, und was war dann an dem Abend letztens im Kanu?", fragte Leah und blinzelte gegen die Sonne. „Sie ist genau in unsere Richtung geschwommen."

„Ja", sagte ich. „Und überleg mal, wie still es da war. Nicht mal der Eistaucher ist weggeflogen, erst als wir geschrien haben und das Kanu umgekippt ist. Das hat dann auch die Schlange verjagt."

„Bis *du* geschrien und das Kanu umgekippt hast", berichtigte sie mich, aber nicht unfreundlich.

„Meinetwegen." Ich zuckte mit den Schultern. „Schlangen tun dir nichts, wenn du ihnen nichts tust! Also, machen wir das jetzt oder was?"

„Okay", sagte Leah. „Zum Badefloß und wieder zurück, Jamie. Lauren, du rufst ‚Los!', ja?" Lauren hatte ihre Ohrhörer drin und hörte nichts. Leah stupste sie mit dem nackten Fuß am Bein an.

„Lass das", schimpfte Lauren und zog sich einen Ohrstöpsel raus. „Wieso nervst du mich? Ich will hier chillen."

„Ruf einfach ‚Los!', ja?", wiederholte Leah, und Lauren seufzte.

„Na gut. Fertig? Dann los jetzt!", schrie sie.

Und in dem Moment machte es Klick, und wir sprangen gleichzeitig ins Wasser. Es war wie immer in einem Rennen. Ich explodierte. Ich benutzte meine beste Technik, das Kraulen. Meine Arme und Beine bewegten sich wie Kolben in einem Motor; alles lief automatisch, sogar das Atmen. Ich hatte das so oft getan, dass es mir in Fleisch und Blut übergegangen war. Ich erreichte das Floß zwei Längen vor Leah, kletterte hinauf und sprang direkt wieder hinein, über sie hinweg, als sie mich gerade einholte. Dann pflügte ich wie eine Irre zurück zum

Ufer und ließ sie weit hinter mir zurück. So leicht hatte ich noch nie ein Rennen gewonnen.

Als ich die Leiter hochkletterte, saß Lauren mit großen Augen auf dem Steg.

„Wow", sagte sie. „Sie wollte dich eigentlich gewinnen lassen. Aber du hast sie ja einfach weggeputzt!" Dann musterte sie mich einen Augenblick. Fast ein bisschen bewundernd, bildete ich mir ein. „Dafür, dass du so klein und dünn bist, bewegst du dich aber ziemlich schnell im Wasser, Jamie!"

Zum ersten Mal in meinem Leben machten mir diese Worte fast gar nichts aus!

Meine Cousine besiegt zu haben, war ein gutes Gefühl, aber der Verlust von Piepsi tat immer noch weh. Das war nicht zu leugnen. Auch noch, als Leah aus dem Wasser geklettert war – ziemlich schnell wegen der Schlange – und die Hand ausstreckte, um mir zu gratulieren. Auch noch, nachdem sie beim Abendessen ihren Eltern davon erzählt hatte und meine Cousinen beide meinten, bis auf den fehlenden Fischschwanz sei ich ja eine echte Wassernixe. Auch danach noch fühlte ich mich furchtbar.

Ich bekam kaum etwas runter. Ich saß bloß am Picknicktisch, stocherte im gegrillten Fleisch und Gemüse auf meinem Teller herum und aß den ein oder anderen Höflichkeitsbissen. Mein Triumphgefühl verbrauchte sich schnell. Es hatte für kurze Zeit ganz gut als Ablenkung funktioniert, doch jetzt wollte ich eigentlich nur noch packen und nach Hause fahren. Vielleicht war ich eine gute Schwimmerin, und sogar schnorcheln hatte ich heute gelernt, aber ich hatte Piepsi sterben lassen, und nichts konnte meine Schuldgefühle lindern. Der Naturfreak, der ja ach so gut über Tiere Bescheid wusste, hatte ein kleines Vögelchen nicht retten können. Ich saß da und grübelte und wusste, dass mich alle beobachteten. Wahrscheinlich hatten sie Mitleid mit mir. Es war mir egal.

Während wir nach dem Essen noch auf der Terrasse saßen, noch bevor wir unsere Teller abgeräumt hatten, ging Tante Jane kurz in den Schuppen und kam mit ein paar Körben zurück.

„Die wilden Brombeeren sind reif", sagte sie. Dann gab sie mir, Leah und Lauren jeder einen Korb in die Hand. „Die Sträucher wachsen die ganze Straße entlang. Ihr wisst doch wo, oder? Wenn ihr genug sammelt, mache ich euch meine leckere Brombeer-Sahne-Creme. Geht nur, Dad und ich räumen ab."

„Äh, muss ich auch gehen, Mom?", beschwerte sich Lauren. „Da sind so viele Dornen im Gebüsch, und Mücken und Spinnen und so'n Zeug."

„Ja", sagte Tante Jane. „Auch du kannst mitgehen,

Lauren. Je mehr Brombeeren, desto besser wird der Nachtisch. Das weißt du doch."

„Aber ich will überhaupt keinen ..."

„Du gehst, Lauren", befahl Onkel Henry streng.

Ich wusste, was sie im Sinn hatten. Meine Cousinen sollten mit mir zusammen Brombeeren pflücken, um mich abzulenken und ein bisschen aufzuheitern. Ich hatte eigentlich auch keine Lust, aber meiner Tante zuliebe ging ich mit.

Wir folgten dem gewundenen Weg zur Straße. Leah und Lauren gingen voraus. Ich schleppte mich bloß hinter ihnen her. Ich guckte auf den Boden und suchte die Wegränder nach etwas Interessantem ab. Und insgeheim wünschte ich mir, dieser Tag wäre endlich vorbei und diese grausamen zwei Wochen wären vorbei und ich könnte endlich wieder nach Hause zu meinem Computer und meinen Videospielen.

Wir fanden die wilden Brombeersträucher, als wir fast an der Straße waren, und fingen sofort an zu pflücken. Ich glaube, ich aß mehr als ich sammelte. Sie waren dick und saftig und schmeckten köstlich!

„Iss nicht alle auf, Jamie", ermante mich Leah,

als sie mich sah. „Sonst haben wir nicht genug für den Nachtisch."

„Okay", sagte ich. Aber als sie nicht guckte, steckte ich mir noch ein paar in den Mund.

Mein Korb füllte sich nur langsam. Das lag hauptsächlich daran, dass ich so viele Beeren aß. Und als ich mir gerade eine besonders dicke in den Mund schob, sah ich die winzige Schlange. Eine Baby-Strumpfbandnatter. Direkt neben meinem Fuß.

Sie war kaum länger als meine Hand, doch sie hatte schon ihre vollständige Zeichnung. Sofort stellte ich den fast leeren Beerenkorb auf den Boden und nahm die Kleine hoch. Ich hielt sie vorsichtig zwischen Daumen und Zeigefinger. Sie wand sich und streckte die Zunge raus, um mich zu riechen. Sie war richtig süß – das kleine Ding hatte absolut nichts Furchterregendes an sich.

> Das war die Gelegenheit.

Vor so einer winzigen Schlange konnte Leah unmöglich Angst haben. Sie musste sich einfach trauen, sie anzufassen. Oder sie sich wenigstens aus der Nähe ansehen! Dann würde sie sehen, dass Schlangen gar nicht so schrecklich sind. Dann hätte sie auch keine Angst mehr vor der Wasserschlange und könnte unbesorgt am Steg und am Ufer schnorcheln. Denn manchmal, wie ich in dieser Woche gelernt habe, muss man nur einmal tief Luft holen und es probieren!

„Leah, komm mal kurz", rief ich.

Sie war vor mir auf dem Weg und pflückte wie verrückt Brombeeren. Lauren konnte ich gar nicht mehr sehen. Sie war weit vor uns, schon auf der Straße. Wahrscheinlich wollte sie ihren Korb so schnell wie möglich voll bekommen, um die Sache hinter sich zu bringen.

„Ich kann nicht, ich muss pflücken", rief Leah zurück. „Das solltest du auch, Jamie! Je schneller wir fertig sind, desto eher gibt es Nachtisch."

Also ließ ich es drauf ankommen. Ich ging mit der Schlange zu Leah. Und hielt sie ihr unter die Nase.

„Guck mal, ist die nicht süß?", sagte ich. „Schau sie dir doch wenigstens mal an, Leah!"

Leah wurde auf einen Schlag kreidebleich. Sie machte ein komisches Geräusch im Hals. Dann ließ sie die Beeren fallen. Sie drehte sich um und rannte zurück, den Weg hinauf.

Oje. Das war nicht die Reaktion, die ich mir erhofft hatte. Ich setzte die Schlange auf den Boden und lief Leah nach.

„Es tut mir leid!", rief ich immer wieder. „Bleib doch stehen, Leah!"

„Hau ab, du doofe Kuh!", schrie sie über die Schulter zurück.

„Aber ich hab sie doch längst runtergelassen", rief ich. „Lauf nicht weg! Du musst keine Angst haben! Das war nur eine Babyschlange!"

„Ja, aber immer noch eine Schlange", rief sie zurück. „Und sie kann mich immer noch beißen!"

Dann hörte ich von der Straße hinter uns einen Schrei. Und es klang wie „Hilfe". Ich blieb wie angewurzelt stehen, und Leah, die nicht weit vor mir war, genauso.

„Was war das?", fragte sie. „Das hat sich angehört wie Lauren! Hat sie um Hilfe gerufen?"

Unsere Blicke trafen sich. Leahs Augen waren weit aufgerissen. Meine auch. Keine von uns musste etwas sagen. Wir drehten uns einfach um und rannten in die Richtung, aus der wir den Schrei gehört hatten.

Als wir an die Straße kamen, sahen wir ihn sofort. Der Schwarzbär stand da, bucklig und bedrohlich, nicht weit von Lauren entfernt. Er sah genauso aus wie in meinen Tierdokus, nur viel schlimmer, denn der hier war echt. Jeder Knochen in meinem Körper wurde zu Pudding.

Er hob den riesigen Zottelkopf zum Himmel und

schnupperte. Seine Tatzen waren groß wie Baseballhandschuhe. Als er anfing, auf dem Boden zu scharren, sah ich kurz zu Lauren. Sie hatte sich immer noch nicht gerührt. Das blanke Grauen stand ihr ins Gesicht geschrieben. Neben mir hörte ich Leah schwer atmen. Mein Herz klopfte. Jemand musste etwas tun.

Ich hatte schon viele Tierfilme über Bärenangriffe gesehen. Ich kannte die Regeln. Nie dem Bären den Rücken zukehren. Keine plötzlichen Bewegungen. Wenn du wegrennst, jagt er dich. Und niemals in die Augen sehen, das versteht er als Kampfansage. Sprich leise mit dem Bären. Entferne dich langsam rückwärts, damit er in dir keine Bedrohung sieht. Ich musste etwas tun.

„Lauren", rief ich leise. „Geh rückwärts. Und sieh ihm nicht in die Augen."

„Okay, okay", antwortete sie angespannt. Langsam ging sie rückwärts. Als sie nah genug war, packte ich sie an den Schultern und zog sie noch weiter zurück.

Der Bär schnaubte und schüttelte den gewaltigen Kopf. Dann machte er plötzlich einen Satz auf uns zu! Wir sprangen alle zurück, und Lauren schrie wieder. Er schlug mit der Tatze in die Luft. Dann schnaubte er noch einmal laut und lief im Bärengalopp die Straße hinunter. Kurz vorher hörte ich noch ein paar Mal „Klick" hinter mir.

Als ich mich umdrehte, sah Leah mich erschrocken an. Aber aus irgendeinem Grund grinste sie dabei. „Ich hab Fotos!", sagte sie und hielt ihre Kamera hoch.

Mein Herz klopfte immer noch wie wild. Doch es klopfte sogar noch wilder, als Lauren mich umarmte. Und dann Leah. Meine beiden Cousinen und ich umarmten uns zu dritt mitten auf der Straße. Wäre ich nicht dabeigewesen, ich hätte es selbst nicht geglaubt!

„Jamie ist eine Heldin. Sie hat mir gerade so was von das Leben gerettet."

Diese Worte mal zu hören, damit hatte ich natürlich im Leben nicht gerechnet. Doch jetzt sagte ausgerechnet Lauren sie wieder und wieder, als wir ein paar Minuten später zum Haus zurückkehrten. Wir versammelten uns um den Tisch, und Tante Jane und Onkel Henry hörten sich über ihrem abendlichen Tee staunend unsere Geschichte an.

„Nein, das hab ich nicht", sagte ich. Es war mir ein bisschen peinlich, aber gleichzeitig war ich auch stolz. „Ich hab dir nur gesagt, was du tun sollst, mehr nicht."

„Aber du warst so mutig", sagte Leah. „Ich konnte mich nicht mal bewegen vor Angst! Es war, als wären meine Füße am Boden festgeklebt."

„Und du wusstest sofort genau, was zu tun war", sagte Lauren. „Nein, im Ernst, du bist meine Heldin! 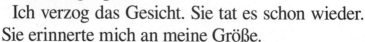 Das werde ich dir nie vergessen, Cousinchen! Du bist vielleicht klein, aber dafür wahnsinnig tapfer!"

Ich verzog das Gesicht. Sie tat es schon wieder. Sie erinnerte mich an meine Größe.

„Du hast alles richtig gemacht, Jamie", sagte Onkel Henry. „Alles genau so, wie man es machen soll, wenn man einem Bären begegnet."

„Woher wusstest du überhaupt, wie man sich verhalten muss?", fragte Leah.

„Ach, wahrscheinlich Instinkt ... und meine Naturfreakigkeit", sagte ich und wurde vom Hals her ein bisschen rot. „Und Discovery Channel", dachte ich bei mir.

„Und ihr habt es trotzdem geschafft, noch Brombeeren für den Nachtisch mitzubringen", bemerkte Tante Jane. „Bravo, Mädchen!"

„Das hätte sie sich nicht entgehen lassen, ne, Jamie?" Leah stupste mich mit dem Ellbogen an. „Und ihr seht ja, wie viele Brombeeren nicht in ihrem Korb sind. Sie hat nämlich viel mehr gegessen als gesammelt."

„Lieber ich als der Bär", entgegnete ich. „Die waren so lecker!"

„Hattest du denn gar keine Angst?", fragte Onkel Henry. Er sah mich an und schüttelte den Kopf. „Also ich hätte mich zu Tode gefürchtet."

„Ich weiß nicht, ich hatte gar nicht richtig Gelegenheit, darüber nachzudenken", sagte ich. „Wahrscheinlich hatte ich schon ein bisschen Angst. Aber irgendwie hat mir das auch einen Kick gegeben. Ich hab mich auf einmal so stark gefühlt."

Lauren gaffte mich immer noch an, und ich machte mich auf eine Bemerkung gefasst. Ich wusste nie genau, was als Nächstes auf ihrem Mund kam. Und vermutlich wusste sie das selbst manchmal nicht.

„Hey, Jamie, du bist ja voller großer Überraschungen, dafür, dass du so klein bist!", sagte sie.

Also tat ich das, was ich schon die ganze Woche tat. Ich holte tief Luft und probierte es einfach.

Ich runzelte die Stirn und fragte sie: „Wieso sagst du immer wieder solche Sachen zu mir, Lauren?"

„Was für Sachen?" Sie schien aus allen Wolken zu fallen.

„Zum Beispiel, dass du mir ständig sagst, wie dünn ich bin." Ich merkte, wie ich rot wurde. „Dass du mich immer wieder daran erinnerst, wie klein ich bin und dass ich nicht wachse. Oder mich ‚Donald Duck' nennst. Ständig denkst du dir was Neues aus, wie du mich runtermachen kannst. Glaubst du, das macht mir Spaß, oder was?"

Alle starrten mich an, meine Tante, mein Onkel, meine beiden Cousinen. Sie guckten alle so ernst, so besorgt. Und als könnten sie gar nicht fassen, was ich gerade gesagt hatte. Ich konnte es ja selbst kaum fassen. Aber es war ein gutes Gefühl, dass es jetzt raus war.

„Ach komm, Jamie, ich will dich doch nur ein bisschen ärgern." Lauren blickte in die Runde. Ihre Eltern saßen beide mit versteinerten Mienen da. Leah guckte auf den Tisch.

„Echt? Nur ärgern? Dann sag ich dir jetzt mal was: Du machst mich damit fertig. Vielleicht merkst du das gar nicht, aber so was tut mir weh." Meine Stimme war heiser, und mir standen Tränen in den Augen, doch wenigstens wurde ich es jetzt mal los. Endlich. „Es ist ätzend, immer die Kleinste zu sein. Und ich will nicht ständig daran erinnert werden."

„Ach je, Jamie, das tut mir so leid. Du hast recht. Ich hab aber nie gedacht, dass dir das so viel ausmacht", sagte Lauren. „Du bist immer so ruhig geblieben. Du hast nie was gesagt."

„Also, damit du es weißt: Es macht mir sehr viel aus, Lauren." Ich kniff die Augen zu Schlitzen zusammen. „Und wenn du nicht damit aufhörst, rette ich dich nie wieder vor einem Bären."

Mit einem Mal veränderten sich alle ihre Gesichter. Sie sahen aus, als würden sie sich fragen, ob sie jetzt lächeln durften. Also lächelte ich, um ihnen zu zeigen, dass es okay war.

„Soll ich dir mal was sagen, Jamie?", sagte Leah zu mir. „Du hast dich so verändert – in ganz vielen Dingen. Und das finde ich cool."

„Ja, total", sagte Lauren. „Du bist diesen Sommer ganz anders als letztes Jahr. Woran liegt das?"

„Ich weiß nicht genau", antwortete ich ihr. „Vielleicht weil ich jetzt ein Jahr älter und ein Jahr weiser bin. Oder vielleicht, weil ich ein nagelneues rosa Bustier trage." Ich ließ das Gummi flitschen und grinste in die Runde.

Da guckten plötzlich wieder alle ganz betreten, doch als ich zwinkerte, lachten sie mit mir mit. Außer Onkel Henry, dem das Thema offenbar etwas peinlich war.

„Also versuchst du es vielleicht auch noch mal mit dem Wasserskifahren?" Leah sah ein wenig verschlagen aus. „Wenn man einmal steht, geht das ganz leicht. Es ist wirklich nicht so schlimm. Nach dem ersten Mal."

„Ähm ...", machte ich. Dann hatte ich eine Idee und nickte lächelnd. „Klar. Ich versuche es noch mal. Aber nur, wenn du versuchst, eine Schlange in die Hand zu nehmen. Das ist auch gar nicht schlimm. Nach dem ersten Mal."

Leah schnitt eine Grimasse. „Ähm ... also ... okay. Wenn du das nächste Mal eine findest."

Ich warf Lauren einen Blick zu. „Sie zittert schon, siehst du?", sagte ich. Und Lauren fing doch tatsächlich an zu lachen! Über etwas, das ich gesagt hatte! Leah zog eine Schnute und lachte dann selbst ein bisschen.

„Und was ist, wenn ich keine mehr finde, solange ich hier bin?", fragte ich. „Sie sind nicht so leicht zu entdecken. Außer, wenn sie im See auf dich zuschwimmen!"

„Erinnere mich bloß nicht daran", murmelte Leah. Sie schwieg einen Moment und zog nachdenklich die Stirn kraus. Dann holte sie tief Luft. „Na gut, dann gehe ich morgen mit dir zusammen in den Wald und helfe dir, eine zu suchen." Sie blickte in die Runde und schauderte. „Puh, ich kann nicht glauben, dass ich das gesagt habe!" Sie streckte die Hand aus. „Abgemacht, Jamie?"

„Abgemacht, Leah", sagte ich. Dann gaben wir uns die Hand drauf.

* * *

Den Rest des Abends verbrachten Leah, Lauren und ich damit, uns die Fotos von Piepsi anzusehen, die wir mit unseren Kameras geschossen hatten. Wir wollten ein Facebook-Album für sie anlegen und es im Gedenken an ihr kurzes Leben auf unsere Facebook-Seiten stellen.

Ich warf sogar einen Blick auf die peinlichen Bilder von mir. Ich sah mein erschrockenes Gesicht, als sie mich nachts durchs Fenster fotografiert hatten, und meine unglücklichen Wasserskistürze. Aber irgendwie fand ich das jetzt, nachdem wir endlich alles geklärt hatten, gar nicht mehr so schlimm. Ich konnte sie sogar überreden, ein paar der peinlichsten Fotos zu löschen. Doch das Bild von Lauren und dem Bären hätte Leah auf keinen Fall gelöscht; das wollte sie einrahmen und im Ferienhaus aufhängen!

Aus der Küche hörte ich den Mixer surren, als Tante Jane die Sahne für den Nachtisch schlug. Mmm, lecker.

Kurz darauf klingelte das Telefon, und Onkel Henry nahm ab. Ich hörte, wie er den Namen meiner Mutter sagte, und dann fing er an, ihr die Geschichte mit dem Bären zu erzählen! Oje. Das konnte ja nur Ärger geben. Als Onkel Henry schwieg und mir mit ernster Miene das Telefon reichte, wusste ich genau, was jetzt kam.

„Hallo?", meldete ich mich, als wüsste ich nicht, wer dran war.

„Jamie? Ist alles in Ordnung? Oh mein Gott, ich hab gehört, was heute Abend passiert ist!"

„Ja, das war ziemlich aufregend, Mom", sagte ich. „Aber wirklich, du musst dir deswegen keine Sorgen machen. Bären tun einem nichts, solange man sie in Ruhe lässt."

„Ziemlich aufregend? Eher ziemlich gefährlich", meinte Mom. „Ich habe nachgedacht. Vielleicht solltest du einfach nach Hause kommen. Ich kann dich morgen abholen, wenn du willst."

„Nach Hause kommen?", fragte ich. „Du meinst wirklich, ich soll nach Hause kommen?"

Meine Cousinen, die sich auf der Couch fläzten, hörten auf, mit ihren Kameras herumzuspielen. Sie sahen mich entsetzt an. Und sie schüttelten beide den Kopf.

„Fahr nicht", murmelte Leah. „Lauren ist so langweilig! Sie will nie irgendwas machen. Lass mich nicht mit ihr allein! Bitte!"

„He, so langweilig bin ich auch nicht." Lauren runzelte die Stirn und schubste Leah mit dem Fuß. Dann kicherten beide.

„Wenn du wirklich nach Hause willst", sagte Mom. „Wenn es dir dann besser geht."

> „Wenn es wem dann besser geht?", fragte ich. „Mir geht es nämlich gerade ziemlich gut, Mom."

„Ehrlich?", fragte Mom.

„Ganz ehrlich. Ich hab heute schnorcheln gelernt. Und morgen probiere ich noch einmal, Wasserski zu fahren. Und danach gehen Leah und ich richtig lange schnorcheln, stimmt's, Leah?" Ich zwinkerte ihr zu.

„Genau, Jamie." Leah grinste mich an und schauderte dann ein bisschen, und ich musste lachen.

„Wirklich?", staunte Mom. „Das machst du alles? Ehrlich? Du fühlst dich wirklich wohl dort?"

„Hm-hm. Und weißt du was, Mom? Im Moment wäre ich sogar nirgendwo lieber als hier im Ferienhaus mit meinen Cousinen. Du hattest recht. Das macht Spaß hier!"

„Wirklich?", fragte Mom wieder. „Oh, wie schön für dich, Jamie!"

„Ja, schön für mich", sagte ich. „Bis in anderthalb Wochen dann, Mom."

> Als ich auflegte, lächelte ich, und Leah und Lauren lächelten auch.